U0020079

之感官胡亂推理事件簿

成英姝　著

# 1

女人的目光落在男人握著方向盤的手，那手掌看起來似乎很大。據說手掌大的男人心臟也大，而心臟大的男人那話兒也大。要是真這樣就好啦！

若被知道心中忖的是這種事，恐怕會被認定為淫蕩的女人……什麼恐怕，九成六是這樣！為何世人總認為討厭的女人必定淫蕩呢？也許你以為世人的邏輯乃淫蕩的女人必然無恥下賤，其實是反過來，世人若把一個女人看作低劣，管她是厚臉皮也好，愚笨也好，低俗也好，或是潑辣，或是惡毒，或吵鬧或陰沉或傲慢，隨便什麼，只要不順眼，就是慾求不滿、寡廉鮮恥的女人，換言之，必然是淫娃蕩婦。

只是這麼一來，一個性慾缺乏的石女若是被人討厭，不就也淫蕩起來了嗎？哈哈哈！這邏輯多麼不堪一擊！但是這麼簡單的道理也說服不了頑固的世人的，凡是女人，隨時都會墮落，隨時都會變得淫蕩的嘛！

反觀男人，明明是性無能的可悲傢伙，如果被看不順眼的對手宣稱為風流色鬼、毫不節制地到處亂搞、搞得昏天黑地，說不定還正中下懷地竊喜。真有此事也就算了，但因為是性無能，當然就是空穴來風，無異是給加上了頂天上掉下的皇冠啊！只可惜，男人彼此知道這種心理，豈會放這般讓你稱心如意的謠言。

其實女人耿耿於懷坐在她身旁的男人那玩意兒是否可觀，全然是務實的想法，要說春心蕩漾真是言過其實，既不覺得身上哪裡有毛蟲在爬，也不覺得心跳加快、脖子發熱，那裡可是冷靜又乾燥，就像秋天的石頭吧！

話說只要往顛簸的交通工具一坐，她馬上就會睡著，近午明明睡飽了起床，至今還沒一個鐘頭，她就打起呵欠了。

老闆娘發現自己沒上班，也沒請假，一定會氣壞了吧？想到此她心中哈哈大笑。只不過是沒請假，就在心中勝利地哈哈大笑，實在可悲，怪不得在這心中的笑聲背後，暗藏了某種焦煩。

說到老闆娘，一天到晚強調自己才二十七歲呦，還是大學畢業，討不討厭啊！那黃毛丫頭把店頂下來後，每天上班都令她不舒服，可不是奇檬子的不舒服而已，是頭也痛，肚子也痛，腳也莫名其妙地痛起來。以前呢，若是工作的環境裡有女大學生，都會被她這樣的女人們給聯合起來氣跑的，但是這個老闆娘來了以後，其他原來的小姐都離開了，就只有她留下，老闆娘帶來的幾個女服務生，都是女大學生。

世人幹啥有女大學生就高等的迷思呢？以前她也是困在這迷思中的，只不過越想越搞不懂，越想就越困惑；諸位啊，您一定沒動腦筋想過這問題，您只要稍稍想想，那專門耍玩低級下流言詞的週刊裡，好好的文雅話不講，偏偏故意要挑最粗鄙不堪連咱才中學畢業的人都不用的言詞的，那些記者啊編輯啊，可不都是女大學畢業生咧？這麼一想還不嚇死人嗎！咱若公然寫這種文章，爹娘都會哭，但咱的學歷背景，還不給咱吃這行高級的飯哩！

老客人沒有跑，還多了新客人，都說是因為老闆娘漂亮的緣故（哼，那個女人哪算漂亮啊？）。老闆娘是個大鼻子大眼睛的洋人臉型，嗓音粗嗓門又大，這種嗓門似乎該搭配豪爽的個性，老闆娘也的確擺出一種豪爽作風，但實際一點都不豪爽，不但心眼小，老是疑神疑鬼，還喜歡裝作少女嬌柔的模樣。雖說跟三十九歲的自己比起來，二十七歲是很小，但也不至於叫作少女吧？未免太過分嘛！

老闆娘喜歡把兩隻手擺在頭頂上作兔耳狀，唉，難看，連她只是站在旁邊都感覺丟人。還有，老闆娘到客人身邊的時候，要小跑步，跑到定點原地跳兩下，再撅起屁股，客人都說老闆娘這樣「很有活力」，相較之下，她好像快踏進棺材的死人。

她本是生性囉唆的女人，她自己當然不稱之為囉唆，而是「健談」，但是跟老闆娘一比，她甘拜下風。老闆娘不只整天嘴巴停不了，說話的內容也讓人反感，總在那裡誇耀自己有學識、人面廣、有才幹，唉，真希望自己是聾子，聾子這時就有福了，啥都聽不見。

因為老闆娘這麼大嘴巴，害她從此變得沉默，當她想跟人說話時，不自覺變得會附到別人耳朵旁小聲低語，一副鬼鬼祟祟的樣子。

今天出發時心情特好，渾身上下感染了少女清新奔放的風情，見到那男人的一瞬間差點蹦過去跳兩下，手放在頭頂作可愛小兔耳，好在，好在還是壓下了這個衝動，保持了可貴的矜持。可惜坐上車以後，就開始有種不祥的洩氣感，瞄了一眼坐在旁邊的男人，心想之前為什麼會覺得和這男人出來旅行是件愉快的事？頓時心生煩悶。

回想男人第一次來店裡，是個老客人帶來的，介紹說是位作家，她聽了睜大了眼睛問：「你是吳若權？」其他人大笑，對那男人說些譏諷的話，她不知那笑是什麼意思，也聽不懂他們譏諷他什麼，她又問：「你是蔡詩萍？」其他人笑得更大聲。她聳聳肩，她就只知道這兩個男作家，也可以說，她大抵認為全國總共就只有兩個男作家。

「我就說嘛，長得不像。」她噘著嘴說。

雖然，他們都說他是「有名的作家」，可是她問店裡另外兩個女孩，她們也沒聽過他的名字，其中一個女孩還是正在讀碩士班、忙著寫她那個永遠寫不出來的論文的研究生哩！連這麼有學養智識的女青年都不認得的人，哪會是什麼高級的作家啊！

店裡連她在內有三個女服務生，雖然常陪客人喝酒，但老闆娘說這算不上陪酒，只是增加客人的「愉悅感」而已，酒吧裡的酒保不也常陪客人聊天？她們也不硬定小費的規矩，只是小費收得也沒少。女研究生用的名字叫葛妮絲，而且都用英文發音，她覺得那聲音聽起來不該翻譯作「葛妮絲」，應該是「龜黏絲」較貼切。另一個年紀較大，三十出頭，叫可俐。可俐是個小氣女人，包包裡總會帶一套新的內衣褲，平常穿在身上的是陳年不換的老舊內衣褲，要跟客人出場的時候才會換過來。

她在店裡用的名字是舒芳，這名字用很多年了，從舒淇走紅時開始。

當年舒淇爆紅香江，原來所屬那間經紀公司尾巴也翹起來了，一副專包脫星變明星的樣態，她也差點想投入旗下，只是左思右想，能不能從脫星變明星還在其次，還得先從普通人變脫星哪！私底下脫給這個那個的男人看是一回事，脫給全天下男人看又是一回事。雖說身材好的女人也深怕人家不知道自己可與三級片女星比美，咱可不輸您們整天盯著流口水打手槍的那些畫報裡的女人，但世間事不能面面俱到地如意，你不能既要當擺在大庭廣眾前的牡丹，又同時要當一朵空谷幽蘭。百般長考，她認為種種想被世人吹捧豔羨的慾望，不敵她是一朵深谷中無人聞問的清雅蘭花的事實啊！

自從這男人來店裡，自從知道他是作家，自從她老愛坐到他身邊去，她覺得舒芳這名字太俗氣太平凡，無法體現她的本質，她改了個名字，有文藝氣而瓊瑤式的，叫夢雲。她小時候愛看瓊瑤的小說，心想她如果生三個女兒，要給她們分別取名「詩寒」、「詩煙」、「詩翠」，她覺得這手筆頂風雅的。

我們現在開始稱這女人為夢雲，而男作家呢？姑且隱瞞他的真名，就以英文字母「K」來代替吧！

在車上時，K曾跟夢雲說起日本導演大島渚的《感官世界》這部電影，據說是改編自真實的事件，女主角阿部定是個妓女，與男人私奔，兩人在旅館瘋狂做愛，高潮時阿部定勒死了男人，並且割下男人的陽具。

「為什麼？」她不解，幹麼做那樣噁心的事？

K的解釋她聽不懂，在店裡作家平常說的話一點都不特別有學問，相反的，比普通人還愚蠢可笑，但有時候又深奧得有如外星人的言語。

高潮的時候殺死男人又割下陽具這種事，未免太荒誕，她不斷問為什麼，而K則困擾地解釋（明知眼前的女人聽不懂）關於愛與死、慾望與瘋狂這類話題。

她若有所思了幾秒。「我想男主角的那個應該很大吧？」

K愣了一下，他大學時代看這部片的，時間已久遠，沒什麼印象男主角的陽具是不是碩大。大島渚讓演員真槍實彈演出性愛場面，可是男女的性器官有露出嗎？他不記得了。

「我沒有印象了。不過，應該是不小吧？如果要在螢幕上露出來的話，太小未免太見笑。」K說。

「我不是在說演電影，我是說真正的那個人啊！不是說是真實事件？」夢雲說。

K心想，誰知道阿部定事件裡的男主角的陽具大還是小啊？這女人的問題真無稽。

但夢雲相信那男人的陽具必定是碩大的，否則阿部定怎會有興趣割下來帶在身上呢？雖然依舊不明白阿部定為何如此做，再大的陽具還是長在男人身上時好用啊！

她原想問一問K的陽物大小如何，然而，反正不消多久一定是會見到的，現在就算先知道了又怎樣呢？答案是大的話會有期待，可是真做起來或許會失望，答案是小的話（不可能有男人這樣回答），如今後悔也來不及，如果對方回答「我的那個說實在蠻小的」她就立刻以「身體不舒服」或者「母親病危」為由逃走，表現得也太明顯了。

她閉上眼，那些朦朦朧朧的想法又浮上來，她抱著一種沒來由的、如夢般的感覺——其實她根本就是努力地讓自己置身在這樣融合知性、感性、情迷意亂的氣氛中——她不會再回去了。就是因為這樣，她覺得她晚上不會打電話到店裡請假。想到跟老闆娘說話就令她心煩意亂。

「啊？」

K慌慌張張地把車窗降下。

一時之間她搞不清楚發生了什麼事，然而隨即一股臭屁的味道飄來。

「不好意思，不好意思。」K吐著舌頭說。

「沒關係，人總會吃喝拉撒。」她想這麼說，但又覺得說這樣的話並不能顯示自己的聰明才智，而是反效果。

沒想到，隔了幾分鐘，傳來連串氣息溼潤的屁聲。

「我想憋著，但是這種屁實在憋不住。」K說。

「是吃壞肚子了嗎？」她和顏悅色道。

作家也是會放「這種屁」的，她冒出這麼個想法。

話說回來，她對「作家」這種人並沒抱特別幻夢的想像，以為他們皆長得玉樹臨風、斯文飄逸，滿身優雅的藝術氣質。拿這男人來說，第一眼見到就讓人與「作家」的身分聯想不到一起，塌鼻小眼，一顆頭生得突兀地大，脖子細長，肩膀窄小，肚子圓滾滾，老是弓著身子，手腳細細的，整個看起來活像《魔戒》裡頭的咕嚕的放大版，勝咕嚕一籌的是頭髮倒算茂盛，長及肩膀。要說稱得上符合陳腐的作家形象的，就只臉上的一副金屬圓框眼鏡。

「得趕快找地方借個廁所上才行。」K自言自語。

不過，放眼望去山路上並沒什麼建築。

忽然，K緊急把車一停，推開門便奔跑出去，她遠遠望著男人氣急敗壞往樹叢蹲下的身影。

半晌K回來時，流著汗解釋：「放那種連續的屁的時候，屁股會用力呀！一用力，不小心糞便就會跑出來，就算是只輕輕用一點點力噢！只是要把氣體排出來的一點點力氣——就是把肛門鬆開一絲絲讓屁跑出來，也會不知不覺讓水糞跟著出來。我剛才已經死命夾住屁股瓣兒了，但是屁要放的時候非放不可啊！」

夢雲微張著合不攏的嘴，心想要不失高雅氣質地接這樣的話頭，大概才高八斗的女子也很難辦到。

# 2

「這不是大便失禁呦！實在是因為吃壞肚子的緣故，我昨晚把餿掉的東西都做了麻辣鍋來吃。」K說。

夢雲心中起了微妙的慍怒。

什麼嘛！在女人面前說這樣粗俗的話，是藐視我嗎？也不睜大眼睛瞧瞧，不是瞎子的人都看得出來，我既沒燙頭髮，也沒穿豹紋的衣服，我腳上穿的可是款式優雅的包鞋，腳趾都沒露出來。假胸部非常挺，用不著穿胸罩也不怕下垂，可還不是合乎禮貌地總是穿著？

男人言行舉止的有欠斯文，在夢雲眼中，並不因此顯露身為作家者也是十分粗俗的真相而讓人失望，反倒感覺這是瞧不起人的舉止。如果她是林志玲那樣的女人，他還會在她面前公然放臭氣燻天的屁──好吧，也許放屁是無法克制的……那麼，隨地拉屎，還把這些關於糞尿瀉肚子的言語掛在嘴上嗎？

她在意的不是男人言語粗俗，沒幾個男人言語不粗俗的，不痛快的是這污染了她的存在本質。

她知道作家K不是粗俗的人，雖然他講話不高雅，但她感覺包藏著學問。我們這位K先生並非吳若權那樣的作家，如果是的話，夢雲小姐肯定就不會聽不懂他說的話了，他的個性尚且不算太愛賣弄，也不怎麼吊書袋，只是不意間很愛抒發種種不凡的見解。當然啦！她對他的言談其實並無興趣，何況他又不是瀟灑風趣的男人，基本上她沒怎麼在聽他說什麼，回話也是虛應故事。至於他的長相，別說不英俊，說醜也不為過，臉上的表情甚至常常顯得滑稽可笑。她則早不知從何年何月起已再也不對男人抱什麼希望。不過，也或許正因為她早已確信世間男人這種動物都是醜怪荒誕的（美麗的、高品質的則處於另一個次元，他們只是假裝示現在這個世界，但那是幻象，實際上不存在），因此也就沒怎樣的男人是會被徹底排除在可能性之外的想法，甚且因為這樣，他還讓她覺察了某種獨特，偶爾一時半刻，興起她與這男人或許有某種如小說情節那般浪漫綺情的故事會展開。

K後來又瀉肚子三、四次，也不提什麼找廁所了，初始是因為情況緊急，待不到找著廁所，夾著屁股憋著要噴出來的糞必須馬上釋放出來，否則再遲幾秒都擋不住，因此都在野地解決，到了後來沒那麼急也照樣隨地放屎，甚至不介意隱蔽的問題了。

她對這件事不能不表示點意見，畢竟一路上發生這麼多次，她也無法當作這麼明顯的事情沒在發生一樣，便經過一番思量，說出「容易瀉肚子也好」這樣得體的話，補充說明像她就有便祕的毛病，別說瀉肚子，連羊屎便也拉不出來。所以說，易瀉體質也算有值得稱許之處。

K聽了頗開心，說自己不只是吃壞肚子，其實平常也三天兩頭挫屎，這事用不著羞赧，現代人無論是便祕或者腸躁都是很普遍的，這是文明病。

夢雲聽了啞口無言。她其實沒有便祕，有便祕的是老闆娘，老闆娘每次來店裡都要先在馬桶上坐上好一陣子，然後一臉屎相地走出來說：「今天又沒上出來。」

老闆娘說壓力大的人容易便祕，相形之下，她就是個缺乏工作壓力感的人。老闆娘老表面上和善，心裡卻總在嫌東嫌西，看人不順眼，講話愛意有所指，我沒有便祕就表示不夠敬業，就是這個意思吧？真是刻薄。

事實上夢雲剛開始根本對作家K視若無睹，不加理會，是因為某天女研究生葛妮絲告訴她，老闆娘前一天發了頓脾氣，罵她渾渾噩噩，工作態度不良。

「我？」夢雲指著自己的鼻子問。

「是啊，不是你是誰？」

「我不在的時候她幹啥罵我？罵我也聽不見呀！」

「因為你早走了嘛，說什麼腳趾不舒服就離開了，老闆娘很生氣。」

「我是真的腳趾不舒服啊！你瞧，」她把右腳的鞋子脫下來，抬起腿來讓葛妮絲看。「這裡有沒有？雖然還沒有怎麼突出，可是皮膚看起來亮滋滋的，那就是姆趾外翻的跡象。」

「那是痛風吧？」

「痛風？才不是，痛風是禿頭的中年男人才會得的病。」

夢雲把腳舉起拿到眼前仔細看，在葛妮絲眼裡，這當然是一種特技。

「我想這不是痛風。」她又把腳伸到葛妮絲面前。

葛妮絲皺起眉，掩了掩鼻子，她見了說：「夏天嘛！夏天誰不腳臭。」

「我。」

「什麼？」

「你不是問夏天誰不腳臭？」

「我那不是問句，是肯定句呀！意思是夏天沒有人不腳臭的。」

「我呀！我的腳算是香。」

「你不是有鼻竇炎？」

「又不是我自己覺得我腳香，是男人說的呀！」

「好吧，縱使不是每個人在夏天都腳臭，但大多數人都是。」夢雲結論。

葛妮絲聳聳肩。

「啊，對了，老闆娘說我什麼？」

「發好大的脾氣呀，當著客人的面罵你呀！」

「當著客人的面罵我？我又不在。」

「你在不在不重要啦！」葛妮絲不耐煩地說：「總之，小漾罵你懶散，缺乏主動積極，精神不集中，沒有責任感。」

葛妮絲都叫老闆娘小漾，事實上老闆娘要每個人都叫她小漾，這實在太噁心了，她就叫不出口。

老闆娘斥責她這件事讓她十分生氣，覺得受了委屈，不過，第二天開始她決定改頭換面，煥然一新，不讓老闆娘再抓她的把柄。就是因為這樣，她才開始向K下功夫。當然，那是因為別的女孩都懶得理會K。而接近K以後，她覺得K也沒什麼不好的，比起其他的客人，K還算是個性老實的男人。

不過，老實的男人無趣；不安分、狡猾、無恥的男人縱使臉皮厚得討厭，但至少他們的庸俗和慾望是大剌剌寫在嘻皮笑臉上的，讓女人看得一清二楚，她還覺得與那樣的男人合得來。無趣的男人讓人感覺就像需要大費功夫去吸才硬得起來的老二。

拉了幾次稀，K的肚子咕嚕咕嚕叫起來。

「你聽啊，這不是從腸子發出的聲音，而是從胃裡發出的噢！」K說。

夢雲一臉茫然。

「消化不良的時候，腸子會發出咕嚕咕嚕的聲音，就像摻雜廚餘的廢水通過排水管一樣，不過，剛才腸子裡那些糞水都已經瀉光了，正因為腸胃現在空空了，肚子餓了起來。」

K問夢雲是不是想吃東西，從上午出發到現在，已經過了四個小時。

雖然肚子餓，但聞了大半天臭屁味，加上男人滿嘴拉稀屎的言論，哪還能有什麼食慾。

她這麼想，卻又覺得其實也不礙事，人啊！真是有生命力的動物，要吃的時候，吃的慾望是硬裝乾淨的心理擋不住的，如果是原始人的話，蹲在自己的糞堆旁搞不好也能吃東西。

「不過，就是怕腸子的現況還太脆弱，一吃又要拉了呢！」K苦惱地說。

話這麼講，兩人還是吃了點東西，她吃了碗肉絲麵，K吃了滷牛肉、酥炸大腸、蛋炒飯，還喝了酸辣湯。

回到車上，K似乎精神較好，話也多了起來。

「這世間啊，美好的事物都是不長久的，所以說，有才華的詩人、風靡全球的搖滾樂手、美麗的女明星，都必須早夭。拜倫是早死的，阮玲玉也年紀輕輕就死掉，約翰．藍儂也早死，還有科特寇本。伊麗莎白．泰勒活成了老妖婆，實在讓人難以把她視為絕代美女，縱使她年輕的時候是漂亮的，年輕一輩的小孩子出生的時候，玉婆已經老啦！就算看她以前的電影，知道她是美過的，但是和現在一比較……誰能不比較呢？只是不勝唏噓而已。張國榮死的時候已經中年了，但是死的時候保養得還不錯，多少還是保留了美好的形象在世人心中，若是再多活個幾年，身材容貌整個走樣，那比他的死還是悲劇。這麼說雖然殘酷，但他是否也是因為這種憂懼而自殺呢？以前我覺得殉情是可笑的，可是我思索過這些後，終於了解了殉情的美；世人對殉情的故事，都著墨在爭取愛情的自由上，但在我眼裡，愛情是短暫、虛幻的，沒有愛情能夠久遠，那麼殉情就是把這份愛情凝固在最熾烈的時刻。即使是那些為了愛情而死的情侶，能為愛情而死，那愛怎麼說都是強烈的，但如果沒有死，過了一段時間，愛情也會變質，變得平庸、愚劣，或者消失，甚至搞得難看收場。就像美人長出皺紋、臉皮鬆弛、頭髮乾燥、下巴肥成好幾圈。在最美的時候死去就像做成標本，把那美麗變成永恆。愛情也是，殉情是使愛情成為永恆的唯一方法。」

夢雲聽了K這麼說，陡然開始懷疑K邀她同往的旅行，難道是殉情之旅？

K的屬於知識份子的高妙言論，這是她第一次聽懂的，她聽懂了，並且受到感動。

殉情是不可能出現在她字典裡的詞，然而，這樣發生在至高永恆的美的範疇裡的事，她是可以包括在內的，頓時生出激動。

要說激動，她還沒想到自己所感受的是這樣的情緒，她只是感到體內一陣震顫，心臟跳動起來，莫非這是一種愛情的悸動？不，她還想不到那裡去，和這男人之間別說愛了，別說喜歡，任何情感都說不太上。但是她微微感覺那裡溼了，這是一種不可思議的反應，一點都不庸俗，而是一種無可言喻的境界。

# 3

打從進了旅館房間，夢雲就起了自己是阿部定的幻覺。嚴格說來，從K提到殉情開始，她的內心戲劇便不知不覺醞釀了「自己就是阿部定」的伏筆。

這旅館蓋在清幽的樹林中，老闆原是建築師。據聞許多來自台北的白領，廣告人和設計師之類的，風行跑到鄉下來開民宿。這旅館的老闆雖是建築師，但並未把房子建造得時髦而具藝術性，相反的，中規中矩，外貌平淡無奇，內部裝潢陳設也一如最普通的舊式旅館老房間。話說回來，也有都市人喜歡這調調，明明是土氣平凡，卻說是復古情趣。嚴格說來這樹林也毫無特色，清幽是美化的說法，其實是鳥不拉屎沒人會到此觀光的無聊地方。房間倒是不少，令人聯想到以前的救國團活動中心。

K提出旅行的邀請是在三天前。店裡的女孩都會跟客人私下聯絡，也私下約會，她跟K倒是沒有，但冥冥中她感覺與K之間有一股特別的情愫（其實也不過是她得知被老闆娘斥責後對K變得殷勤，而K大概沒嘗過受女人莫名其妙地諂媚討好的滋味使然），以女人的第六感，她相信K早晚會提出與她共度春宵的要求，而K一開口，說的是到偏遠的山中旅行，令人意外之餘，這其中有著超乎她能理解的怪異情調。也許因為對方是作家吧？作家的頭腦異於常人。

一男一女到偏遠郊外旅行，總不可能是純潔的賞花賞蝶、觀看日出和夕陽吧？在她以為，不過就是把性愛包裝得風雅些，這大概是作家的知書達禮。

也因此，本次旅行的重點，還不到頭來是上床呢！

然而，自K提到了殉情，她的想法開始有了變化。

是不是要在高潮的時候把男人勒死，她還沒拿定主意，要做出這麼瘋狂的事，得看當時的情緒吧？feel來了擋也擋不住，沒feel卻硬要做這種事未免太可笑。或者，做做樣子，感受那種激情，應該也能過過癮吧？滿足自己就是那真槍實彈藝術電影的女主角的心情。她有些無法分辨她要當的究竟是阿部定事件裡那個真人真事的阿部定，還是電影裡的阿部定。

K應該不會被勒住脖子兩三下就死掉吧？那樣也太沒出息了，才勒幾下脖子就一命嗚呼，那樣虛弱的男人還算男人嗎？可是，也許作家就是特別虛弱的人種，脖子特別不經勒？

她避免去想萬一勒死了K而被逮捕，送進女子監獄的事，她討厭女子監獄，也擔心女子監獄裡都是女同性戀，她稍微想了一兩秒與女人做愛的畫面，還是趕快把這可怕的想法揮去。

撇開實際，僅沉浸在浪漫的幻想中，如果在高潮的激情時真的失手殺死K，那就這樣辦吧！想像自己能做出豁出一切的事也是一種快感。

然而，她又想到，萬一根本達不到高潮呢？連高潮都達不到的話，還哪來在性愛的顛峰殺死男人割下陽具這些事！她開始有些煩躁，這不是不可能，她和很多男人做愛都達不到高潮。她聽說過半數的女人在過半數的性愛中沒有達到高潮。K看起來就像是個早洩男，那樣的話很可能在她高潮之前就玩完了，那後頭這些還有什麼戲唱？

但是她安慰自己，一定沒那麼倒楣，這是上天安排，命運的轉捩點，K的陽物肯定不小。她曾問K跟太太的性生活怎樣，他說已經很多年沒有性生活了，這不稀奇，她聽過別的客人也這麼說，中年男人來這套是很平常的，且明明是自己不舉，卻說妻子變得冷感，雖然她心想這個冷感的老婆要是碰到別的年輕強壯又擅長討好的男人，應該馬上就完全不冷感了吧？但嘴上從來沒這麼說。只是，K說與妻子沒有性生活的原因，是妻子怕痛。

這樣的理由不太像是謊言，而竟說妻子是怕痛才不行房，這男人的那個是真的很大囉？就是因為K曾不經意這麼說過，才讓她想入非非。

推開旅館房間的門，她期待K把她用暴力撲倒，不過，以她對這男人行止的了解，特別是今日七個小時的車程當中，她料想這是不可能的事。

K體貼地替夢雲提著行李，往床邊的地上一擱，然後便打開小酒櫃說：「不知道這是不是免費的呀？應該是要付錢吧？想必比外頭便利商店賣的要貴，因為貪圖方便就拿了這個喝，是不是笨蛋呀？」

由於她的內心已燃起慾火，根本顧不及男人這些小家子氣言行的可笑——不行了！已經不能再等！她衝向窗台，對著窗外喊著：「這景致真好。」

人家說女人三十如狼四十似虎，她快跨越四十大關了，一點也沒有如狼似虎的感覺，雖說她也跟不少男人上過床，老實說味如嚼蠟，不好不壞，她不是端莊貞潔的假閨女，但要說主動對男人有情慾，卻沒有過。

這是她第一次感受自發的性慾，不只是來自身體那個地方的感覺，而是更大的，一種精神性的漲滿。她心想：莫非這就是人家說的靈肉合一？（因為對象是作家，連內心獨白所用的詞彙都升級了。不過她以為靈肉合一這個詞指的是自己的靈和自己的肉合一，而非自己與他人的靈與肉合一。）話說回來，世人到底有沒有自己的靈和自己的肉分開或合一的問題呢？

她轉過身，見K坐在床邊，正在脫褲子。

要開始了！

她的呼吸急促起來。

K脫下長褲後，又脫下內褲，此時見夢雲盯著他瞧，連忙用手遮住下體。

「唉呀！剛才還是不小心漏了些稀便在內褲上，得趕快換洗……」K說。

「別管那些了，」她煩躁地說，「你到底要不要先洗澡？」

「現在就是要去洗啊，褲子都脫了，當然是要洗嘛！」

K站起身，雙手仍遮著下體往浴室走去。

二十分鐘後K下身圍著浴巾走出來，一面用毛巾擦著溼漉漉的長頭髮說：「該你了。」

一抬頭，見女人已赤條條躺在床上。

K見了，舔了舔嘴唇，一躍上床，趴在夢雲身邊。

「我忘了買保險套，因為已經很久不用了嘛，說起來，不知道多少年沒用了噢！所以根本不會想到啊！你該不會介意沒有那個吧？」K說。

她還沒來得及答話，K又接著說：「像你這樣年紀的女人，應該不會懷孕了吧？比你年紀小的女主播、女明星、女作家都得靠人工受孕才生得了孩子，何況是你。」

「我這樣的年紀？你怎麼知道我比那些女明星和女主播老？你以為我幾歲？」

「不是四十六？小漾告訴我的。」

「四十六？」她簡直氣炸了，老闆娘竟如此造謠。「我才三十三。」只少報六歲，算是美德了。

「三十三？」K抓著頭髮，表情變得有些躊躇。「那是有懷孕的可能。」

「問題根本不是懷孕哪！問題是你有沒有病。」

「我怎麼可能有病？我可不和男人玩屁股。」

「笨蛋，又不是只有愛滋病是病，又不是只有搞男人才生病，哪個男人乾淨啊？」

「我是不愛洗澡，但我剛才不是洗了？洗得可乾淨。」

她一聽，伸手把裹住K的浴巾扯掉。「我來檢查看看有多乾淨。」

這冷不防的動作嚇了K一跳，但他還是動作敏捷地用手護住下體，他仍舊維持趴著的姿勢，模樣看來非常可笑，全無男子氣。

「讓我檢查呀！」

「現在不急，馬上你就可以好好檢查了嘛！」

她一聽，便明白這是尚未勃起的意思。然而她還是用力推男人的身體，把他翻過身來。K扭動著身體，又慌忙遮護陰莖，夢雲使勁搬開K的手，K則兩手忙不迭輪番進行護盤。

「搞什麼，處女也沒你這麼羞答答！」她露出狐疑的表情。「你那個，該不會很小吧？」

「怎麼會？雖不是特別巨大，但也算標準尺碼吧？說不定，比標準尺碼還大。」

「什麼叫做說不定？」

「因為我沒看過別的男人的。」

「怎麼可能？你沒跟別的男人一起洗澡、一起上廁所過？」

「有是有，但我沒看。」

「真是沒道理。」

「我從小是個孤僻的人。」

「這有什麼相干？」

「你不懂，男人世界的複雜。」

K的欲言又止好像這是什麼創傷似的，但多多少少有著作家的誇大其詞。然而這裡頭的一絲敏感，觸動了夢雲。

「看來，你我同是天涯淪落人，才被命運安排走上殉情這條路。」夢雲語帶感性地說。

「什麼？」

「也許這就是最後一次的激情。」

「最後一次？」

「但願你我都覺得它是最美好的。」

「啊？」

「你不是說貌美的人早死，才不會變老醜；情侶熱戀的時候死掉，愛才會永恆；性愛高潮的時候死掉，呃……那是永恆的高潮嗎？」

「永恆的高潮？」K思索著這句話，感覺這幾個字如此具有豐富的意涵，他把眼鏡拿下來擦拭上頭的霧氣，沒注意到下體此時坦露在女人眼前。

這真是小得不同凡響的陰莖！

「啊？」K戴上眼鏡，注意到夢雲的視線和驚恐的表情。

「這，這並不是標準尺寸。」

「我就說了……」

「比標準尺寸小多了。」

「這樣看不準啦，因為還沒有挺起啊！」

「那就趕快把它弄起來啊！」

「你不幫點忙嗎？」

「我可不是妓女。」

K聽了，只好撫弄起自己的陰莖。

夢雲盯著，對於這玩意兒勃起能有多大的變化不怎麼抱期望，只不過是充血，又不是吹氣球。

K一邊撫弄陰莖，一隻手則去摸夢雲的乳房。

不過，持續了一段時間，還是完全沒反應。

「開了七個小時的車，實在太累了啊，拉肚子也消耗太多元氣，對，一定是因為拉肚子。我看今天是不行了。」K說。

# 4

「好熱，你去把冷氣開大一點……。」

「喂，你也太過分了，到廁所去弄啦！」

「再一下子就好了……嘶嘶……剛才一路上憋了很久啊！又不能跟教授說勞駕他停車一下，我要打手槍……。」

「路上有三次你說要上廁所。」

「有兩次真的只是上廁所，誰一整天不撒尿的，這很合理吧？」

「唉……不知道小慢搞不搞得定教授？」

「你已經問過八百次了，我又不是神仙，我怎麼曉得。」

「明年不能畢業的風險很大啊，我真怕我爸會中風，他說得很篤定。」

「看你這麼擔心，時下如此孝順的年輕人已不多見，你真是墮落亂世中的曙光。」

「我媽是無一技之長的家庭主婦，我下頭兩個弟弟頭腦又不怎麼靈活，你知道的，一家子都在靠我爸養。」

「你媽未免胖得太不成樣，你都不懷疑你不是她親生？你姐跟你長得也不像。說到你姐，多久沒消息了？」

「四年。」

「這麼說來已經被姦殺棄屍在荒郊野外了吧！」

「世事無常，你說的不是沒有可能，但至今我未收到任何心電感應，我想她還平安活在人世。」

「有時你是無可救藥的悲觀主義者，有時你的樂觀又讓人目瞪口呆。」

「我還是在憂慮一件事，小慢會不會仍是處女？雖然你不相信，但萬一是呢？」

「現在還說這個幹麼？」

「已經到教授家了吧？你不擔心嗎？教授這麼嚴厲，向來說當幾個人就一定做到。何況我們連補考都沒過！」

「今天那裡非常的癢。」

「什麼？」

「人家說耳朵癢表示有人在說我壞話，打噴嚏表示有人在想我，那裡癢不知道是什麼意思？」

「你不是經常在癢？」

「那裡癢的話，會不會是有人在想我的那個啊？」

正在旅館的房間裡東拉西扯談話的這兩個大學生，是同班同學；身材高瘦，面貌清秀的那個，叫周文白，朋友喚小白；個兒矮又黝黑的那個，叫盧肖賢，綽號是水電工。

小白正想著要如何回答「那裡癢是否表示有人在想自己那支」的問題，突然臉色蒼白，「你不覺得……」

才一開口，水電工便大聲打斷：「閉嘴勒！我快出來了，你別搗亂。」

小白轉過臉去，但仍悠悠地說：「你不覺得房間裡變得很冷？」

水電工沒回答。

「剛才有人站在窗口。」小白說。

「媽的，你這個沒品的人……」水電工一面咒罵，一面脫下襪子來擦自己的手。「好在我搶先一步，不然就倒陽了。」

「我真的有看見。」

「閉嘴啦！」

「好啦！我聽夠你說那件事了。」

「這並非我個人所情願啊！畢竟是那件事的後遺症。」

小白垂下頭，意味深遠地嘆了口氣：「你不了解……」

「我怎麼不了解啊？前幾天麥可．傑克森出現在德國的街上，沒人覺得奇怪，大夥兒還追著他簽名。那是個冒充的傢伙，但這有什麼重要呢？就算他是麥可．傑克森本尊，也不是什麼叫人不能接受的事。雖說人鬼殊途，但現下的世界已經人鬼不分了！」

「話不是這麼說，生與死是有界線的，你如果讀過但丁的《神曲》……」

「我對那種無病呻吟的東西沒有興趣，你就是浪費時間看那些文學院的人才讀的廢物，才會落到畢不了業的下場。」

沒待小白回答，水電工又開口：「你聽說過貓哥和站長去嫖妓過的事情吧？」

貓哥是當完兵後工作又重考兩次才進來，比其他學生大六歲。

「妓女的問題就出在太俗氣了，如果一定要選擇嫖妓，我想去俄羅斯。如果非在本地不可，不如叫我爸幫我買個越南女人。當然啦，我爸沒什麼搞頭了，真是可嘆，就算房地產生意再好起來，他也沒辦法東山再起了吧！人生真殘酷，此時不得不讓人相信宿命。」

「為什麼要娶越南新娘？」

「當然是為了做愛啊！比起去嫖妓要划算吧？菲律賓和印尼女人適合雇主在家閒來沒事玩兩下，只有越南女人可以當新娘子賣，膩了再轉賣給別人。」

「小慢說的果然不錯，台灣人有嚴重的種族歧視問題。」

「為什麼？我沒有歧視東南亞人，只是她們比較便宜啊！又不是我定的價錢。」

「你不能這樣貶低東南亞女性，很不文明。」

「你何時這麼沒有幽默感？奇哉怪也，你變成女性主義者了？……唉呀，這該不會也是那件事的後遺症？」

「你不讓我提那件事，你卻拿來尋我開心。」

「你真是空長一張秀才臉，腦袋卻很死。」

「你呢？你的腦袋裡除了性愛沒別的東西了吧？你不就是那種老被女人指著鼻子罵精蟲衝腦沒有智商的白癡？」

「成見！人類就是被成見所侷限，才被困在這麼呆板的文明裡！成見阻礙了人類的進步；這個世界上唯一能跳脫平庸凡人的境界、擁有獨創性的成就，或是帶領人類走出陳舊的、幼稚的、無知的框架的人，都是不被成見所迷惑、所束縛的人。

「所有的偉人，改變世界的那些了不起的人、創造人類歷史里程碑的人，都是不相信成見的人。」

「不說那麼嚴重，我不打算成為偉人，也無意領導人類，太華麗的成就不適合我，我不想背負太多人的重擔，我討厭責任，也不愛引人注意，然而，即使是當一個普通人，在普通人中也有著充滿不凡性的人。

「一個普通人只要不為成見所綁架，立刻就是個不平凡的人，用不著做什麼不平凡的事他已經不平凡了。他的思維是不平凡的，連帶他的所作作為，就算看起來沒有什麼驚人之處，依舊是非常卓然不群的。

「但不為成見所困卻是不容易的，因為是人都被成見洗腦。你想想，這怎會有道理呢？女人自己抗議男人咬定胸大的女人是笨蛋，為何認為屌大的男人是笨蛋就是對的？

「我要更正這種迷思。這就是成見，我不只不接受成見，我還要向世人指出這種成見的錯誤！如果說胸部大小與智商高低並非成反比——換言之，雖不是全部，胸大的女人也有聰明的——那麼，老二大的男人也當然有天才。

「認為老二大的男人愚笨，這真是偏頗的見解。你剛才說到種族歧視？對！正是種族歧視！」水電工突然大喊起來，「就像歧視東南亞人是不對的一樣，歧視巨屌也是完全錯誤的，這種要不得的想法務必需要導正！」

什麼跟什麼，明明是在說白癡男除了想打炮腦子裡空空如也，跟性器官的大小根本沒關係，為何結論會變成這個？這傢伙難道想說的是他自己的老二很大嗎？拜託，又不是藏起來沒給人見過，明明就是尋常一般，歧視東南亞人的不就是你自己？馬上就說自打耳光的話，真是立刻應驗了只會做春夢的傢伙是笨蛋的說法，手槍打太多了智商確實會降低啊！幸虧我始終抵制自慰，小白心想。

「你爸中風的話，你媽搞不好會請外籍看護吧？到時候別忘了讓我去搞一下。」水電工說。

「都說了我媽是家庭主婦，她幹麼請菲傭。」

「可是我又不能上你媽。」

「她有在減肥了。」

「不是胖的問題啦！」

「……」

「如果可以的話我當然也想上日本AV女優啊？跟皮膚黑的比起來，還是皮膚白的女人讓人感覺好，你以為東南亞人是我的菜嗎？也是情非得已的選擇。」

水電工打開電視，用遙控器轉著頻道。

「這應該有A片吧？……沒有？不會吧？哪有旅館不放A片的？一天不看的話我會全身不對勁……你想教授和小慢會不會已經搞起來了？」

「怎麼可能？現在應該已經到教授家了吧！教授家裡還有別的人在。」

「那又怎樣？」

「總要先醞釀一下感情吧？」

「沒那個必要。」

「《色戒》裡面也不是這麼快就搞上的，你不是看好幾遍了？」

「那麼悶的電影誰看得了第二遍啊？裡面的床戲真是遜斃了，看得我都軟掉。」

「是你說我們的作戰計畫就是照電影情節來定的。」

「如果都照電影情節來進行的話，就應該由我來替小慢開苞了！她卻不要。可見她早就不是處女了。」

「她只是不要被你上而已，不表示她給別人上過了。」

「這本來是計畫裡最重要的一部分。」

「什麼是計畫裡最重要的一部分？」

「由我來讓小慢領略被男人滋潤的滋味。」

說得跟真的似的，小白心想，像你這種人，就連在擁擠的公車上也不敢偷摸女人的胸部。

「小慢胸部真大，就算包得嚴嚴實實，看起來還是又柔又軟，幸好她不穿調整型內衣，其他醜女都穿調整型的，活像雕像、機器人、假胸！不過小慢如果是女性主義者就更好了。」

「為什麼？」

「聽說女性主義者不穿奶罩。」

「那我想台灣並沒有女性主義者。」

「古時候的女性主義者把她們的奶罩都燒掉了，她們現在大概八十歲了，胸部下垂得厲害吧？人生真的很無常。」

「為何要把內衣燒掉？」

「也許她們覺得奶罩就像鴉片一樣會讓人上癮？」水電工聳聳肩說。「我老姐星期一到星期天穿不同花色的。」

「……」

「並不是星期一什麼顏色星期二什麼顏色這樣，是要看她當天的幸運色。雖然每天按照幸運色來穿，但是一點也不幸運，我老姐大我八歲，到現在連男朋友都沒有。我偷看過她洗澡，我看問題出在她的乳頭顏色太深了。人家說縱慾過度乳頭顏色才會變黑，很顯然這說法是錯誤的，我老姐是處女。」

「你怎麼知道？」

「這種事明眼人一看就看得出來。」

小白想到他那兩個弟弟，很明顯他們一臉處男相，光是那臉發天花似的青春痘和自閉症表情就讓人這麼覺得。

「可你就看不出來小慢是不是處女，如果是呢？第一次就給教授那樣的人，我覺得有點可憐。」

「小慢自己也被當了啊！她其實比我們更怕不能畢業吧！」

「萬一小慢不是教授喜歡的那一型？」

「拜託，小慢是去色誘那死老頭，又不是去跟他以結婚為前提交往。」

「聽說教授每年都在相親。」

「那是引誘女人上床的伎倆吧？」水電工摸著下巴說：「用相親來釣女人這方法太卑劣了，我就做不出來，那是農村時代的人幹的事情。不過，也許以前的人不用那麼麻煩，總是在田裡就搞起來了，那樣的話，都從背後來吧？」

在水電工的想像中，光天化日之下在野外交媾，必然是要以背後進入的姿勢才行。不為什麼，只是那種場景、情調使然。因為，那樣比較有奔放的原始感啊！

# 5

作家K獨自走入樹林中。

走出旅館的時候忘了戴手錶，也不知道走了多久，已離旅館多遠。

日本曾經流行過「樹海自殺」，單獨一人走進杳無人跡的深山密林中，一旦身處樹海迷宮就分不出東西南北，再也走不出去了；在樹林裡上吊，也許好幾天都不會被人發現，說不定屍體都化成枯骨了也不為人知；不告離開塵世來到樹海自殺，有如人間蒸發，死得乾淨。

這「乾淨」一詞是雙重意義，其一對比的是「污穢」，另一重對比的是「存」、是「有」。K心中的「死得乾淨」同時包含了這兩者。死得不給人添麻煩，不讓人看見屍體的醜態，也消失得純粹。

「死」當然是被污名化的，這個字若非不祥、忌諱，就是個屬於滑稽喜劇的詞，但他所想的「乾淨」的死，不涉及死長久以來已被指派的意味，脫離死這被填充了成見的符號，而更純粹地還原為它的本質——徹底消失。

敗亡是醜的，不只是身體毀壞的醜，也是失敗的醜。生命的失敗，窮途末路。但消失卻不是，消失是神祕的，且消失不代表任何事，就只是消失本身，除了消失這一虛無的詞，再也沒別的。

消失之詭譎，在於不知怎麼消失的，不知消失去哪裡，消失就如宇宙的發生，發生之前在哪？怎麼發生的？如果發生之前就存在「有」，那麼還叫「發生」嗎？消失之後若還存在「有」，還叫「消失」嗎？如此「有」與「無」，「無」與「有」，都是不能定義的。

要讓死不那麼俗不可耐，死就不能是死，哲學上如此，但技術上，他寧可鄙陋到只考慮死法的問題，總之，樹海自殺是最好的方法。

有一次他回到家，妻子臉色陰沉（那女人向來臉色陰沉）地說，今天差一點就打算自殺！他沒辦法裝出很驚惶的模樣，但又覺得不能表現得太無謂，於是極盡能事地臉上一片茫然，結果只是顯得癡呆，心中想著，要死幹麼不就去死了，為何沒動手又要跑來說給我聽？

庸俗。世人真是庸俗。

這不是說他自己就有多不凡，他一點也沒有把自己想得很脫俗，相反的，他覺得自己也庸俗得很，他憎惡假正經，也厭煩自認超越昇華的人，他喜歡世俗的卑鄙下流，也喜歡世俗的痛苦；那些宗教的拉保險的，看準人都害怕痛苦、想逃離痛苦，便鼓起不爛之舌推銷加入他們那一國可得到平靜、喜樂、豁然大度，然而，你以為人幹麼愛看恐怖片、愛吃麻辣鍋呢？明明怕被嚇、被辣得眼淚直流，還是要去自己嚇自己、自己折磨自己，不夠恐怖、不夠辣，還嫌，還覺得上當。至於那些哲學家替世人思考存在的問題，很奇怪，他們想他們自己的雞眼時，總是當作替全世界的人類在想他們共同的雞眼。他們不能滿足於解決一個雞眼的問題，他們要推敲，就非得推敲出放諸所有雞眼皆準的答案，要麼就是證明所有雞眼都逃不出這套模型，要麼就是證明所有雞眼既然不能放進他的模型，也永遠不可能放進任何其他人的模型。他媽的你管別人的雞眼管那麼勤！

他不會因為哲學家說人生是有意義的，就拚命去尋找人生的意義，也不會因為哲學家說人生一點意義就同意沒有，於是開始過墮落的生活。每個人都活在一個象牙塔裡面，每個人。也許每個人的象牙塔不太一樣，但終歸是一座象牙塔。一個滿嘴學問沒見過世面的死蛋頭住在他那個自打手槍的象牙塔裡，一個走遍世界上天下地的探險家也住在他一生所見所聞的象牙塔裡；一個除了打電玩什麼都不做的處男兔崽子活在他虛擬世界的象牙塔裡，一個游擊軍革命家也活在他浪漫執著的象牙塔裡。人們對那些生活簡單庸碌、經驗貧瘠、一成不變的人說：「你不知道外頭的世界怎樣怎樣」，又對那些生活五光十色、冒險犯難、多采多姿的人說：「你不懂平凡人過的生活」。對於這些，沒什麼好抱怨的，沒什麼好爭執，也沒什麼好改變的。沒有必要也不可能改變。人不可能同時又是廢柴又是比爾．蓋茲，人活他自己的象牙塔，他媽的就只能這樣。這樣頂好。

說人生是偶然，或者說人生是有目的性的，都無法滿足他，也許，人生就是一種宇宙性的焦慮，上帝的躁鬱症的示現，人就是神，上帝一便祕，人也便祕。

為何他會在旅途中提起殉情的事？那是完全無意識的，他只不過是想到張國榮死時四十六歲，比他此時的年紀還大個三歲（所以說張國榮保養得好啊！看來有保養還是有差別，怪不得電視上都是女人的保養品廣告。），相較他真是毫無節制地衰敗了，才四十三歲就變得如此發出中年臭氣的猥瑣模樣，讓高中女生避而遠之。但若要他在自己開始衰敗之前跳樓自殺，以讓自己停留在還堪稱完美的狀態，那麼大概他十七歲就得跳了。

本來只是思索一個完美的停損點，終結於美好是截止美好衰敗的方法，因為衰敗是必然，他既不會去歌頌雞皮鶴髮做出宣稱這也是美的違心之論，也不會唱高調去揚言昇華味如嚼蠟已經失去肉慾激情的愛說那也是愛。所以他才提到了殉情。

然而，在他潛意識裡，其實一直想著這件事。關於殉情。

他現在的老婆，當初是費了漫長的時間與九牛二虎之力才追到手的，說是追到手，卻連頭髮也不敢碰，那女人說在新婚之夜前都要保持處女身。在那個時代，就是十五年前，已經是女人不需要婚前保持貞潔的文明時代了，然而堅持結婚才破身的女人大有人在，堅持自己娶到的女人必須是處女的男人也大有人在，他並不拘泥於這種陳腐的觀念，但既然女友如此堅持，他也不便強迫對方就範，他既不是野獸，也不想用花言巧語誘騙女人違背其原則。

過不了多久，有人從他手中把女友奪走，周圍的人都說他是被最好的朋友背叛，這是不實傳言，那人確實是他的熟人，但別說最好的朋友，普通朋友也算不上，只不過是往來得勤，共過幾次事，他對那人沒什麼心機，但對方卻不知為何看他不順眼。有一天，女友跟那男人跑掉了，留下一封信說兩人去殉情。都什麼年頭了，殉什麼情啊？難道這兩人心懷愧疚，覺得對不起他嗎？別開玩笑了，他在那對狗男女心中才沒那麼大，他們壓根沒把他放在眼裡，是哪兒過不去了要一起死？他想不明白。

三天後，女友回來了，那兩人一點尋死的念頭都沒有，只是跑到遠處去盡情做愛而已。女友的說法，原來做愛也就那麼回事，不如想像中的好，因為沒做過，道聽塗說，還以為那檔子事必然銷魂蝕骨，誰知做了三天，無甚樂趣可言。他沒問那麼那個男人呢？他覺得怎麼樣？

知道了做愛也不過是件說好不好、說壞不壞的事，也就不再拒絕他。他在此女之前有過兩個女人的床笫經驗，青春期以來對性的嚮往和慾望的急切釋放勝過對肉慾真正的品嘗和享受，可以說，此時正是他對女人的肌膚、柔軟的肉感、身體內部探索有了進一步覺醒的時候，然而，此女在床上卻總是板著一張冷淡的臭臉。兩人後來結了婚，他始終覺得這是一個在虛假仿冒的殉情瑕疵品陰影底下締結的婚姻。

他掀起汗衫擦了擦臉上的汗。

他不是專程跑來自殺的，不是為了自殺而來旅行，還拐一個女人來。關於自殺的想法，是剛才才浮現的。

對人生的鄙夷是如此強烈。

在這句話裡，「人生」不是大寫字，像「人生是虛無」這種詞是沒意義的。有些人的人生虛無，有些人不是，而人生虛無的人是否渴望人生變得豐富，或者自覺人生充實欣喜的人，是否有一天會發現「真相」並非如此，這些問題都很無聊；他所鄙夷的，也不過是他自己人生的可笑，而這可笑是建立在他自己的邏輯上，旁人沒什麼好置喙，不管是贊同他人生的可笑而真的發笑或者憐憫，抑或駁斥他人生放在可笑這個詞彙底下的合法性，都毫無意義，他既不會因之感覺找到知音，也不會與之辯論，無論從哪個角度來看，人都只不過是每時每刻活在 to be or not to be 上面，to be 什麼？死或者活意思相同。死，活，或者好死不如賴活。

什麼使他動了死的念頭？他衝出旅館，一路走進樹林來，負著羞辱的，除死之外沒有他途，要說理由，千千百百，如果他落個遺書寫哪一條任誰都會點頭同意不無道理，打從對社會失望（甭說對社會，說對地球都無妨）到創作壓力使然，到婚姻生活不美滿（給那老是板死臉的老婆點顏色瞧瞧），到毫無理由，他媽就只是時下流行的憂鬱症。當然，完全不包括被女人嫌棄那話兒太小這件事，雖然這可能才是真正的理由，但他徹底摒除這兩者有任何關係的想法。

此地的樹林還真不夠茂密，連遮陽都不夠，他現在已滿頭大汗，全身溼黏黏的，再過不多久太陽就要下山了，太陽一沉，天就會迅速黑掉，到時候也許就走不回去了。他本想走到足夠遠，樹叢較深密的地方才開始物色適合上吊的樹，但此時沒那個心思了，他口渴得很，滿腦子都是對加冰塊的含糖飲料的渴望。

最好是橘子汽水，他心想。橘子汽水是他孩童時候的最愛，長大以後就嫌橘子汽水幼稚了，喝沙士還行，可樂就是屬於青少年的了，橘子汽水則不知道有多少年碰都沒想過去碰。但此時他卻強烈地懷念起橘子汽水，橘子汽水伴隨的童年記憶（雖然其實他一件跟橘子汽水有關的童年記憶都想不起來，勉強要想也只記得跟川貝琵琶膏有關的）。

因為想喝橘子汽水，加上一股不具體的懷舊衝動式情感，他哭了起來。

# 6

「咦？您也來森林散步啊？這個時候最好了，太陽快下山，沒那麼熱，但就是蚊子多。」

K嚇了一跳一轉身，旅館的老闆什麼時候在他身後冒出來。

「徜徉在此大自然中，想必多多少少增加了創作的靈感吧？哈哈哈！」老闆說。

K伸手把他溼漉漉的被汗水黏在臉面上的頭髮撥開。方才他晃蕩許久，已經失去了方向，什麼樹海自殺啊就是要在荒無人跡的深山裡徹底迷失，這些勞什子他管不著了，只愁慌著擔心走不回旅館去，他不好意思承認自己迷了路，旅館老闆這麼說，他也沒反駁。

「說來真巧，前幾天我在電視上還看到您。」老闆說。

那算什麼巧啊？電視播出的東西，誰都看得到嘛！

「喔，那個是很久很久以前的採訪，已經重播了無數次。」K以此不足道也的謙虛模樣回答。

「真的？我很少看電視，住在這偏僻的荒郊野外，也沒什麼必要看電視嘛！偶爾啊，就看看那些動物生態的頻道，看動物比看人有意思。」

什麼話，面對一個活生生的人，卻說看動物還較有意思，那你別理我，繼續往裡頭去找彌猴或熊吧！

「此處看不到夕陽噢！」老闆笑嘻嘻地說：「不過，要走到可以觀賞日落的地方，恐怕來不及了。您瞧，這會兒天都暗下來了。」

「沒關係，我也不過是隨便走走，活動筋骨，呼吸新鮮空氣。」

老闆諂笑，K就跟著也諂笑，人一旦開口說客套話，就會顯得一副沒智商的樣子。

「您在這兒住上幾天，就會想乾脆搬過來啦！城市哪是人住的？那是蟑螂和老鼠住的地方。」

你才是蟑螂跟老鼠哩！

「我見過不少用腦子的人，都是禿頭，更慘的是圓形禿……其實不知道是何者較悲慘，圓形禿似乎是可以復原的？否則就是少年白，現在年紀輕輕就滿頭白髮的人可多了，養分到不了頭髮，都給腦吸乾了吧！哈哈哈！您這頭烏髮真是值得讚嘆。」

什麼意思？說我不用大腦嗎？

「你有打算蓄長髮嗎？我以前有過對嬉皮風格心嚮往之的階段，我頭髮長得快，不消兩三年便可真叫做一頭飄逸的秀髮。」

他媽的，老子回去立刻剃光頭。

「打從搬到這兒，我整個人都變了，我不再是以前的我。」

「那很好。」

原本兩人並肩走著，老闆此時停下腳步。

「什麼意思？您怎知現在的我比以前的我好？」

K愣了一下。

「因為您現在看起來好極了呀！若以前還能比現在好，那豈不好得過分啦？」

唉，我竟然會說出這般噁心虛偽的話，真是厚顏無恥。

老闆聽了露出微笑。「那敢情是，若是以前還比現在好，我又何必留在此呢？我又何來機會與您這樣並肩談天呢？我真愚蠢，竟然問這樣的問題。」

「是啊是啊，您以前若壞，如今就好；您以前若好，現在就更佳。當然是這樣。這問題根本不消問，不可能有別的答案嘛！」

「作家的頭腦果然靈光，邏輯思考能力果然強。」

「哪裡哪裡，您過獎了。」

明明討厭虛偽的人，可是一碰到這種打官腔的場面，偏偏就是會不由自主說出與自己本性一點都不合的廢話。啊呀，這就是人情世故啊！K在內心搖頭嘆息。

「我倒是好奇，您當初怎會動念放棄城市的一切，搬到窮鄉僻壤的此處來？」

騙你的，我一點都不好奇，我又不認識你，誰關心你的事啊？

「唉……」老闆長嘆一聲，「這事我其實不太跟人提的。」

那就甭講了。

「但遇到您我就感覺有緣，就感覺您有那個氣質，讓人想把心底的私密話說出來，我想這就是作家之所以為作家，與平常人不同之處吧？我就覺得跟您吐露是自然而然的。有種神祕的力量讓我想這麼做。」

什麼神祕的力量？若真有這股力量，是被詛咒的力量吧？

「我想問您一個問題，就怕太冒昧。」

「別這麼客氣，儘管問。」

既知道冒昧還問，真是個白目的傢伙！

「您是否厭棄人生？」

K沉吟了幾秒。

不，不能上當。

「怎麼會？我向來用藝術的眼光來看待人生。」K回答道：「換句話說，就如同看一本書，看一幅畫，或看一場電影……當然，有人認為電影不是藝術，是娛樂，是追尋刺激，那也無妨，把人生視為娛樂或追求刺激，又是另一種觀點。人是如何看待藝術的？有人認為藝術是美，或說，必須是美的才叫藝術，醜惡或者粗俗不叫藝術，但是多得是前衛藝術家刻意把作品弄得醜惡、粗俗，意圖造成觀者的震驚，刺激人的感官或想像；藝術沒有定義，或說，沒有誰有權力定義藝術，那麼，什麼樣的藝術都有，可這麼一來，又什麼不是藝術呢？

「沒錯，你要說沒有一樣事物不是藝術也行。如果您討厭畢卡索，您可以不要走進美術館看他的作品的展覽，您可以不要買印著他的畫的T恤，您可以打破老婆買的上頭有畢卡索畫作圖案的馬克杯，但您若就是畢卡索呢？您照您自己的意思去畫畫，您也可以迎合市場來畫，您也可以配合買家的意思來畫，您畫一幅畫，有自己的道理，您畫出來可能自己滿意或不滿意，您可以追求這或追求那，人生大抵也是如此。您過日子，就跟畢卡索畫畫一樣，您不當畢卡索，當米勒也成。您若當作自己在畫一幅畫，何來厭棄與否的問題？

「當然，畫家也有厭棄畫畫的時候，就如人在任何時候也都可以結束自己的生命，這不是應該不應該的問題，而是能不能做得到的問題，如果人是長生不死的，那麼自殺就是辦不到的事，但人的肉體生命卻是無比脆弱的，要切斷自己的生命，技術上沒有所謂不可行這回事。但我們要先放在前面來看的是活著本身，看待活著這件事，就如我們僅看畫畫這件事，那麼，我們就只討論如何創作一幅畫，問題就只剩下為何像畢卡索畫那樣的畫，或為何像米勒畫那樣的畫。

「我也不是說活得『像某人』，我只是強調人活的方式，是有著藝術性的風格。縱使我剛才說了，沒有什麼事不是藝術，但這是心態問題，您把您自己想成是藝術家。所以您問我是否厭棄人生，答案是不會的。我不歌頌人生，相反的，您若問我人生可不可厭？我說可厭，但您若問我人生可不可愛？我也會說可愛……。」

這是謊言。

「這個問題您用任何一個形容詞來替換，我相信那都是可冠諸人生之上的，那就如畫家可以用任何顏料來畫一幅畫。」K繼續說道：「您提到厭棄人生，普通人會產生對人生厭棄的想法，都是出於責怪人生中的某些遭遇——即便說是某種狀態，那也是遭遇所形成；然而，那樣的責怪就好比畫家責怪某些顏色的存在一樣。您說，您會責怪蝴蝶的翅膀上有藍色或者一朵花的花瓣上有黃色，或者陽光樣照在湖面上產生的粼粼波光帶著該死的綠色嗎？不，任何顏色都是中性的，儘管色彩學家說紅色給人熱情的感覺，或普世認為看到白色就想到純潔，然而顏色本身並無何者為善，何者為惡，何者為喜悅，何者為憂傷。人生當中的任何事物也是如此，就如同組成了這個世界的各種顏色。」

只是耍嘴皮子罷了，說得出這種超越的視野，連我也佩服我自己，但說實話，我毫無這種高尚的胸襟。

旅館老闆聽了，並無立刻稱讚K的論調深妙，或嘉許此種看待人生的姿態，但陷入沉思的表情，已使K得到滿足。

兩人就這樣沉默地走了一段路。

「現在想想，當年若我也有您這樣的見解……」老闆緩緩說道：「不知還會否跑到這杳無人煙的山林裡，開起這乏人問津的旅館。」

「說什麼乏人問津哪！生意明明很好嘛！連雜誌和電視都有報導。」

又情不自禁說起拍馬屁的話來了。

老闆搖頭。「我若追求世俗名利，就不會來此。」

「我知道您不追求世俗名利，但世俗名利本來就未必是追它就有，不追它不自來的東西。」

「您說的是，我一眼便知您跟我一樣，都是藐視世俗的人。」老闆說。

K點頭。

「您的一番話給了我很大的啟發，我當年因無您這樣的視野，才會逃到此山林中，然而，這些年來我並不後悔如此選擇，隱姓埋名於此的我，已脫胎換骨成了另一個我，而那之前的我已死，現在的我是重生之後的我。只是，我思考您的話，無論做出任何一種選擇其實都是藝術之心，那麼選擇留在繁囂塵世追逐名利的我，也許像是畫一幅色澤鮮豔但又猙獰的畫，而現在的我畫的是一幅淡彩而意象悠遠的田園畫，兩者各有優點。但我終究並非像您一樣，有著藝術家的靈魂，而能這樣具天賦地用藝術家的眼光來看待人生，只能順應自己心性裡畏懦的部分而已。」老闆說。

「不，你這樣誠實地面對自己是難能可貴的，我認為藝術並非貴在創意，而貴在誠實。」K說。

兩人沿途如此不怕臉紅地互相吹捧，一路走回了旅館。

老闆指著西邊的天空說：「您要觀賞落日情景，其實這兒就可以看到了，這就是本店的強項，在網站上說明得很清楚的啊！」

此時太陽在山頭露出最後一角，且迅速跌落，霞光維持不久，天就黑了。

# 7

女大學生路小慢跟著教授來到教授的母親與兩個吃閒飯的年長女人住的老家。

兩人抵達時，教授的母親與那兩個女人正在準備晚餐。

小慢對烹飪一竅不通，對「家常菜」或者「媽媽的味道」這種字眼也反感得很，世人為何要歌頌母親會做菜這件事的偉大？如今的冷凍食品，做得都不輸美食節目介紹的大排長龍紅牌小吃現做的口感，要在家裡吃筵席般精緻的菜，也可叫外燴，真要吃講究稀有的東西，高級餐廳到處都是。吃黃臉婆做的東西，究竟有意思在哪？

小慢心知禮貌上自己應當表達幫忙的意願，但是廚房塞四個女人不嫌擁擠麼？便老實不客氣地坐在客廳裡動也不動，連掛在耳朵上的耳機也沒拿下來。她的任務是勾引教授，又不是勾引教授的媽。

教授的母親帶小慢參觀屋子的房間。教授死去的父親的書房還保持那男人生前的模樣。教授的父親在教授六歲的時候就過世了，享年三十七歲。教授今年四十八，比這房間的主人年紀還大上十一歲，如今教授走進這房間不成了像踅到弟弟的房間嗎？再過幾年，不就像踅到兒子房間了？豈不妙哉！小慢想到此不覺發出笑聲。那男人的房間很小，裡頭堆滿了書籍，連攤在床上打開的書都沒動過。

浴室的燈光黯淡，浴缸是石砌的，因為年代久遠而顯得髒污，裡頭放著個大鐵盆，看來人是坐在那鐵盆裡洗澡，小慢一見便皺眉癟嘴的。

主臥室有張大床，老式的那種有雕花的木造床，已給蟲蛀了多處。至於教授的房間，則放了兩張單人鐵床，小慢屁股往上一坐，便發出唧唧軋軋的聲音。

走回客廳裡，小慢跟教授的母親要杯咖啡喝，教授的母親板著臉說她不喝咖啡。又不是叫你喝，小慢心想，但仍擠出笑容說沒關係，那就喝可樂。

可樂倒是有，教授有糖尿病，卻整天嚷著要可樂喝，母親總是把可樂準備好的，怪的是教授喊要喝可樂時，母親卻偏聲色俱厲地說不可以，把罐裝可樂從冰箱裡取出來放在桌上，教授伸手去拿的時候，便用力拍打他的手臂斥責他。

晚餐擺了一桌子菜活像吃年夜飯，大熱天卻吃砂鍋魚頭，小慢看了頗倒胃口。

本以為自己應該坐在教授旁邊，結果教授跟母親坐，她卻被安排坐在兩個老女人中間。

母親替教授猛夾菜的當兒，教授把下巴揚起，朝著小慢的方向說：「怎麼？菜不合你的胃口？我看你不怎麼吃。」

「不，菜很好，只是我不餓。」小慢答。

「現在又不是饑荒的時代，要死也死不成餓死鬼，不鼓勵人多吃才是對，吃多了若不是都拉出來，就是長無用的肥肉。」教授母親說：「這個年頭年輕女孩都嚷嚷要減肥，我看小慢也確實胖了些，少吃是好的。」

小慢心想，我胖？我這是肉感，我跟湯唯比，我還嫌瘦咧！我要是跟林志玲一樣像乾柴，胸部哪能這樣大？我這可是貨真價實的胸部。這麼一想，便挑了塊最肥的五花肉到碗裡。

「媽媽的關心我非常感激，不過，油膩的東西我一吃就拉肚子，我講求精緻，像是法國菜或日本菜就較合我的胃口。」

說是這麼說，平常吃的既不是法國菜也不是日本菜，只是便利商店的國民便當而已，電視上打出促銷特價的廣告的時候，立刻就去買。像披薩那樣高熱量又低級的食物，也是最愛。

「媽媽？我不知道誰是你媽，可不是我。」

糟糕，一不留心就跟著教授一起叫這個老太婆媽了，實在過分入戲。是教授在路上說，母親一直擔心他年紀老大尚未結婚的事，要她假裝成他論及婚嫁的女友。

這時，兩個吃閒飯老女人談起教授之前相親的對象，拿來與小慢品頭論足比較一番。之前幾個相親的女人名單如下：一位小學教師，一位長笛音樂家，一位是里長親戚的女兒，一位是文具店老闆，一位是離過婚有個念高中的兒子的女人，一位是留德回來的博士但已經四年沒有找到工作，一位是化妝品推銷員。年紀從三十一到四十二不等。

這兩個老女人一個和教授母親一樣是寡婦，叫三彩，另一位未婚，叫秀福，兩人年紀加起來有一百二十五歲。

三彩說教授是獨子，母親大人當然關心他的婚事，急著抱孫。

教授母親打斷三彩的話說：「我今年六十六歲了，我哪抱得動小孩子？我討厭小孩，我怕吵，又討厭屎尿味。」

「媽媽的見解好，我也討厭小孩。」小慢出口才又心想，糟，又順口叫了媽。「我若結了婚，絕不生小孩。」

「什麼？不生孩子？不生孩子空有你那個大屁股，真是白白糟蹋。」秀福說。

三彩補充說明：「阿福年輕的時候屁股很翹，男人只要站在她後頭莫不吹下流的口哨，過了三十歲以後屁股肉就都塌到大腿上了，大腿粗得像豬後腿，到老了油脂都乾了，剩一層鬆垮的皮往下垂，像是穿著燈籠褲，你要不要瞧瞧？」

「不用了。」

「沒關係，秀福，脫了褲子給她看看，她才知道屁股翹的女人年輕的時候占了便宜，老了就嘗到苦果。」

「小慢的屁股只是大，但不翹。」教授說。

小慢想辯駁，但勉強把話吞了回去。

「秀福雖然有個傲人的屁股，但最後還是沒遇著好男人。」三彩嘆口氣說。

秀福曾與一個男人交往多年，為那男人付出了青春，還替那男人終日照顧生病的老父，誰知還是給那男人拋棄了。那男人娶了別的女人，還跟秀福藕斷絲連，最後秀福終於下定決心與那男人一刀兩斷，但年華也已老去，再也找不到適合的對象了。

秀福垂下頭，開始回憶她那過往的男人，說那男人長得英俊迷人，風度翩翩，像梁修身。

「梁修身是誰？」小慢說。

「秀福年輕的時候喜歡戴帽子，人家都說她像鳳飛飛。」三彩說。

「鳳飛飛我倒聽過。」小慢說。

「鳳飛飛和梁修身還合演過電影。」秀福抬起頭說。

小慢聳聳肩。

「教授能交到你這麼幼齒的女朋友，也真有本事。」三彩說。

「鬍子也不刮乾淨。」教授母親說著，對教授的下巴又摸又捏。

「早上刮了的，是下午又長了出來啊！」教授回答，露出令人作嘔的無辜的表情。

「唉呀，都五十多歲的人，鬍子還這麼會長，」教授母親一臉欣喜讚嘆地說：「男性荷爾蒙還是這麼旺盛啊！」

「母親也常來台北玩嗎？」小慢以虛情假意的笑臉問。

教授母親露出「別以為我是鄉下人」的傲慢回答自己也愛出入城市的時髦場所，教授是個孝順的人，陪伴她這作母親的四處遊玩，有次和教授一起去逛街，還被店員誤認為是夫妻呢！說到此，忍不住浮上喜不自勝的笑容。

小慢一聽，蝦仁豆腐羹從嘴裡噴出來。

小慢想到母親曾硬要跟自己去少女服裝門市採購衣服，諂媚的店員得知兩人是母女，卻指鹿為馬地說：「真嚇死人，一點都看不出來，還以為是姐妹。」這豈比得上說教授母子是情侶來得更厚臉皮？不過，人老到一個程度，五十幾和六十幾也真看不出差別了，說教授與母親的年紀看來相仿，也沒那麼奇怪。

教授母親瞪著小慢，小慢忙不迭從自己包包裡取出面紙來擦拭掉落到衣服上的豆腐羹，一使勁拉下T恤領口，露出白皙飽滿的胸部擠出的乳溝。

教授母親冷眼瞧見教授的目光，便撫著自己的胸口哀嚎起來。

「我的心臟好難受。」母親扭曲著一張臉說。

「怎麼了？媽媽？」

「老毛病，心跳又不順了，有時候跳得快，有時候跳得慢，有時候就不跳了……」母親說著，抓起教授的手往自己的胸脯摸去。

「心臟不跳？那不就死了？」小慢訝異說：「那現在是跳得快？跳得慢？還是不跳？」

「問你啊？」母親盯著教授的臉說：「你摸到什麼？是跳得快還是跳得慢，還是不跳？」

「我什麼都沒摸到。」教授說。

「哎呀，那就是不跳，那要死人了。」小慢說著，椅子往後一頂，倏地站起身，往教授母親身邊擠去。

「我來摸摸，教授摸不準。」

「不必了，現在又好了。」母親冷著臉說，整了整胸口的衣服。

秀福和三彩輪番對小慢做了些身家調查，有關小慢的家世背景，成長經驗種種，小白和水電工事先替她準備了資料，但她並沒背誦起來，教科書裡需要強記的東西已經夠煩人了，誰還要背這個？小白說，別說王佳芝當女間諜要背假身家資料，湯唯演《色戒》還不是得背劇本。小慢冷笑說，湯唯至少得了金馬獎，她這三流劇算什麼？

三彩問小慢平常從事些什麼休閒活動。小慢回答種花養鳥，心想這應該投合老人的興趣吧？

「種什麼花？」

「蘭花。」

「養什麼鳥？」

小慢沉吟了一會兒。「白文鳥。」

教授打了個噴嚏，母親趕緊把身上的長袖外套脫下來，要教授穿上。

「我不冷，是胡椒粉跑進鼻子。」

「你穿得太少，會受涼，這麼大年紀感冒就不好了。」

「天氣熱得要命，瞧我還流汗了，怎會受涼。」

母親一邊擦教授額上的汗，一邊卻還是拉著教授的手穿進外套袖子裡。這外套太小，硬把教授往裡塞，模樣讓人發笑。

秀福把水果送上來，教授母親說不在桌上吃了，去看電視，邊看電視邊吃。

五人移到電視前，教授問小慢平常都看什麼電視節目，小慢說，我不看電視節目，我吃完晚飯都練毛筆字。說完做個鬼臉說：「騙你的。」

「你真淘氣。」教授說。

教授母親把電視的音量調到震耳欲聾。

「我耳背，不弄這麼大聲聽不見。」母親說。

「你什麼時候耳背了，我怎不知道？」三彩大聲說。

秀福去泡茶，小慢覺得無聊，心想她是來演《色戒》的，便提議何不來打麻將，教授母親木然回答道：「我們平常只從事些高尚的娛樂。」

小慢懶得問何謂高尚的娛樂，或者打麻將與不高尚的關係為何，誰知道呢？也許受了胡瓜詐賭案的影響？

那兩個老女人打了幾個呵欠，說也到了該就寢的時間了，小慢十分驚訝，此時也不過才八剛過點，轉念一想，老人都要凌晨三點便起床打太極拳吧？便也沒多問。只是那兩人離席，竟然就走去教授的房間。

小慢一驚，問她和教授睡哪？教授的母親一臉理所當然回答，教授與母親同睡主臥室，小慢睡客廳的藤椅。

小慢聽了，心想這還有什麼搞頭，不悅地站起身說：「我還有事，先告辭了。」說罷拂袖而去。

# 8

天空布滿烏雲，即將下大雨的樣子，遠處有雷聲傳來，海灘上只剩兩個人，一個仰躺著被埋在沙堆裡，另一個跪在沙堆旁往那上頭堆著什麼東西。

靠近看的話，是在替埋在沙裡的人捏塑巨大的一對乳房。

海面上的天空起了閃電，耀目的亮光有點嚇人，跪在仰躺的人旁邊玩沙的那個，挑了一下眉毛。「好厲害，閃電真的好厲害，閃電最酷了，不是嗎？」

又是一個閃電。

「哇噢，剛才那個，超強的。」

雖然有閃電，但雷聲還在很遠的地方。

「你看，還有人在衝浪。」

躺著的人看不見。

除了這兩人，和一個衝浪客，整個海邊再沒其他人影。

「你不覺得有趣嗎？閃電跟雷是同一件事，只是一個是光的形式，一個是聲音的形式，兩者速度不同，就好像把我分成兩半，一半總是跑得比較快，一半跑得比較慢，如果我有一半是閃電，一半是雷，簡直酷斃了。」

雨落下來，兩個人仍然一動也不動。

「糟糕了，奶子會被沖掉。嘻嘻……」

雷聲變得近了，轟隆隆的，頗有點震撼力。

「那個傢伙還在海上，不怕被擊中嗎？」

「如果雷打死那個人，為什麼不會打到我們？」

「我沒說不會打到我們。」

「你有聽說過一個雷同時打死在兩個不同地方的人嗎？」

「我從來沒想過這個問題。」

「我埋在沙裡應該不會被打中吧？」

「不曉得耶，我是物理白癡。」

跪坐在沙堆旁的男子撫摸了一下沙做的乳房後，把沙堆推開，躺著的男子坐了起來，也是打著赤膊。

「哈哈哈，胸部還是一樣扁噢！」

這兩人其實並非兩個男人，而是一男一女，男的叫火山，女的叫萊德。萊德胸部扁平，平到與男人無異，所以公然打赤膊也無所謂的樣子。

火山年紀大約二十七、八歲，不過一頭短鬈髮看起來像是歐吉桑。萊德二十五歲，不消說毫無女性的魅力。

雨落下了，火山稍微仰起下巴，雨水滴落眼睛，火山微微瞇起眼。

「我老爸吞硫酸自殺的那天也是打雷，下著大雨。沒留下任何遺書什麼的，到現在也不知道他為什麼去死。我媽說我跟我老爸很像，什麼都像，我就想啊，如果有一天我也想吞硫酸，我就知道他為什麼這麼幹了。」

「可是你沒有想喝硫酸，那實在太莫名其妙了，對吧！要是我我只會想到毒老鼠藥。聽說現在有新發明的殺蟑螂藥，是很厲害很厲害的喔！你說老鼠和蟑螂誰強？老鼠雖然大隻，但是蟑螂也很不容易死吧？不是說小就比較遜咖，說不定殺蟑螂藥比殺老鼠藥還毒呢！你跟你爸真的什麼都很像？」

「我的頭髮是自然鬈的呦！」火山指指自己頭頂。

「嗯。」

「我老爸也是。捲得跟貴賓狗一樣，所以常常被以為是流氓……其實真的是流氓啊，哈哈哈！為什麼捲捲的頭髮會跟流氓聯想在一起呢？那是古時候的電影裡的景象吧？」火山說。「那個很恐怖啊……硫酸哪！因為會冒煙……未免太酷了。」

雨逐漸下大，衝浪的男人上了岸，火山和萊德還是老神在在地躺在沙灘。

「你小時候的願望是什麼？」火山問。

萊德歪著頭想了一陣子。「當小偷。」

「好樣的，你辦到了耶！」火山讚嘆地說，「我七歲生日的時候吹蠟燭許願，我老爸問我許了什麼願，我說世界和平噢！我爸就哭了。」

萊德聽了大笑。「只有穿泳裝的選美小姐才會說願望是世界和平。」

「世界和平很棒的，你不覺得嗎？」

又是一個把兩個人的臉照亮的閃電，火山突然跳起來。

「他媽的，趕快逃！」

兩、三個人在雜貨店的屋簷下避雨，萊德進到店裡，火山走到櫃檯。

老闆是個五十多歲的男人，留著平頭，穿著件領口、袖口非常大的灰色背心，露出圓又多肉的肩膀和手臂，皮膚是深棕色的，鼓著很大的肚子。

火山把兩隻手肘靠在櫃檯上，嘻嘻笑著。店裡放著蔡依林的歌曲，火山的腳跟著節拍晃著。

「老伯髮型很酷，今年貴庚？」

「五十六了。」

「喂喔，保養得真好，看起來只有四十歲。」

「沒有保養，天生麗質。」

「說得也是，皮膚這麼光滑。」

歐吉桑老闆順著火山的眼光低下頭瞧了瞧自己的肩膀和手臂。

「滑溜溜的，毛孔都看不見。臉也是，一條皺紋都沒有。」

歐吉桑老闆摸摸自己的臉。「誰說的？這裡跟這裡都是皺紋。」

「我看看。」火山把臉湊近去瞧。

萊德把背包塞滿了東西，跑出店外。

火山原地轉了一圈，也跟著跑出去。

半個鐘頭後雨停了，烏雲散開，天空又變得大亮。

「剛才的感覺好像日蝕，就是大白天的，一下子變得很暗，一下子又變亮。」火山說。

「日蝕很酷不是嗎？」

# 9

萊德大喊了聲出發，戴上安全帽，發動機車。

萊德的重型機車揚長而去，火山的老爺車則發動了好幾次才上路。

有輛YAMAHA FZ-6S超越了萊德，萊德不爽，追了上去，兩人在馬路上賽起車，在車陣間蛇行超車飛馳。

「媽的咧。」火山卯起來加速，自覺感受著速度的痛快感，實際上卻非常慢。

兩人騎進山區，不時有樹影遮蔽的山路，與方才的市區景致截然不同。

近午兩人停下休息，萊德從背包裡取出一個小攝影機。

「從這裡鳥瞰真有意思。如果是矮子的話，看出去跟高個子的人看不一樣吧？如果是巨人，大概看出去就是像這樣子，真妙。」

「……」

「萊德你有幾公分？」

「一六二。」

「如果是巨人報身高的話，是不是要說海拔幾公分啊？」

萊德拍攝火山講話的樣子，火山比出V的手勢。

「你有看《哥吉拉最後戰役》嗎？所有的怪獸都出現了，摩斯拉也出現了。怪獸因為很大，身高都很高啊！是非常高的物種，比摩天大樓還高不是嗎？我沒有要歧視矮的怪獸，可是，矮的怪獸不是說不能有遠見，但是看不遠又有什麼辦法呢？話說回來，矮怪獸眼中的世界，跟像摩天大樓那樣高的怪獸的視野完全不同吧？人家說跟大型犬相比，像是吉娃娃狗或是馬爾濟斯那種狗，多半神經質，所以矮的怪獸比較焦躁吧？要是矮的怪獸能看得開，其實牠們也能活得快樂的，畢竟也是怪獸啊！……不過，萊德你看，這麼大塊的天空看起來真爽快。」

過了制高點，連續下坡彎路的時候，車流量不算太多，萊德的速度並未放慢，不多久從後頭來了一輛CBR1100XX，在兩人面前漂亮地快速過彎，宛如特技一般，接著又來了一輛DUCATI 749R，也飛馳超前過彎。

火山對駛在前面的萊德喊：「笨蛋，你不要去追他們，追不上啦，馬力差那麼多。」

萊德從後照鏡看到一台KAWASAKI ZX9R正靠近過來，一催油門，漂亮的側身過彎。ZX9R與萊德靠得很近，這個S彎道入彎時被ZX9R超掉，但是出彎時搶回，萊德取到最佳過彎線，之後幾個彎萊德都沒讓ZX9R有機會超車。

連續幾個彎都過得很驚險，這一個彎兩人幾乎要碰在一起，終於被ZX9R超過，之後是一段直路，ZX9R拉開了距離，下一個S彎萊德急著搶進，結果轉倒摔了出去。

萊德躺在地上好一會兒，才爬起來，想把機車扶起，但大型機車實在太重了，根本無法動彈，又過了一會兒，火山才慢吞吞地騎過來。

「你真是慢得離譜。」萊德脫下安全帽。

「轉倒了？抬不動喔？」火山哈哈大笑。

「這很重，你這麼大的笨瓜也抬不動噢，不信你試試看。」萊德說。

「待會兒去洗溫泉吧！我屁股痠死了，我不能再騎了，剛才走路都走不穩，你看，我的腿還在抖。唉呀，好像貓王的感覺。」

在加油站替機車加了油後，火山打開地圖查看。

「找了這麼久了，你說的那個溫泉到底在哪裡啊？」萊德說：「到處都是溫泉，隨便找一個吧！」

「大老遠跑來這裡，怎麼可以隨便。」

「你說的這個溫泉到底有什麼不一樣？」

「事到如今，我就告訴你吧，是男女混浴的……嘻嘻，一天到晚看你的裸體就跟看男人一樣，沒意思。」火山說。

稍晚時精疲力竭的兩人騎進偏僻的山間小路，終於找到一個掛著溫泉標記的破舊房子，火山說就是這裡，準沒錯。

這是一間孤立的房子，看起來很陳舊，但樣式簡單古樸，火山和萊德走進，櫃檯坐著個老頭，看來十分冷淡。

火山說要來洗溫泉，老頭點頭，櫃檯上有一張寫著收費方式的紙，老頭跟他們指指浴池的方向，不怎囉唆。

火山和萊德淋浴以後，泡進池子裡，是一間木屋裡中等大小的方形池子。火山穿著深藍色泳褲，萊德則穿著紫色扶桑花紋的男用四角內褲。

「真舒服。」

「怎沒別的人？」

火山平躺著，幾乎昏昏欲睡。不一會兒，有嘈雜的人聲傳來，是女性的嘻笑，聽起來像是一群年長女性的聲音。

四個歐巴桑向水池走來，走在前面的兩個穿著顏色鮮豔的泳裝，後面兩個裹著浴巾。走在前面的兩個泳裝歐巴桑停下腳步，轉過臉向後面兩個驚喜地喊：「有年輕的帥哥！」

後面一個歐巴桑伸長脖子，「在哪裡？」

「夭壽，我裡面沒有穿。」另一個圍著浴巾的歐巴桑說。

「早就跟你說會有男人。」穿泳裝的歐巴桑說。

另一個泳裝歐巴桑快步走近，一屁股坐在池邊，把腳伸進池裡。接著其他幾個也嘻嘻哈哈地下池，集中在池子的另一邊聊天，但仍不時偷看火山和萊德。

萊德以一種不懷好意的笑容低聲在火山耳邊諷刺地說：「男女混浴。」

歐巴桑談天的內容不時有一搭沒一搭地傳來。

「我女兒就說，他跟他之前那個女人其實沒有生孩子……」「她那個老公不是天天在喝酒？差一點還送掉命……。」「沒有啦，只是得痔瘡而已，本來還以為是肝病……」

泳裝歐巴桑提高聲音對火山和萊德說：「那兩個喂，你們是從哪裡來的？」

萊德回答：「台北。」

「還在唸書嗎？放暑假噢？」歐巴桑問萊德。

「是呀！今年才二十歲。」火山指著自己的鼻尖說。

「騙人，我看你三十有了。」

「誰說的？你仔細看，我的臉還蠻幼秀的咧！」火山說。

「小弟弟你才二十歲？真少年。」

「小弟弟不是你亂叫的喔！」火山說。

泳裝歐巴桑靠了過來，火山反而往後移動了幾步。

「怕什麼，偶又不會吃掉你。你要真二十歲，我兒子還比你大。」

「你哪知道誰大啦！」火山笑著說。

另一個泳裝歐巴桑也靠過來。「你們有說有笑的唧咕什麼？講大聲一點，我有點耳背。」

至於圍浴巾的那兩個，在另一頭以高分貝聲音交談。

「這溫泉泡起來很舒服噢，可以治百病，常常來很好。」說著，也想走到火山與萊德那一頭去，另一個留在原地的歐巴桑見狀，緊抓著浴巾。前一個向後一個招手喊：「過來啦，過來聊天。他們兩個有穿泳褲啦！」

「我看你很壯喲，不比裴勇俊差。外面那一台很帥的車是你的？」捏捏火山的手臂，「我兒子伏地挺身可以做一百下。」

「我也可以。」火山說。

泳裝歐巴桑摸了摸萊德的胸部，「你太瘦了，要吃胖一點啦！這裡都沒有肉，沒有胸肌不好看，像隻猴子。」

萊德和火山對望了一眼，火山挑了挑眉毛，忍住笑。

兩個浴巾歐巴桑蹲在水池中，把裹著浴巾的身體藏入水裡。

泳裝歐巴桑挨近火山說：「你看，泡過溫泉的皮膚好嫩哩！」一邊伸長手臂到火山面前給他看。「好像少女一樣。」

另一個歐巴桑忽然驚慌地對浴巾歐巴桑大喊。

「你的浴巾掉下來了啦！」

好不容易擺脫歐巴桑群，溫泉屋門外，火山和萊德正準備發動機車。

「怎麼樣？男女混浴？」萊德瞅著火山。

「領略到侏羅紀的世界啦！哈哈哈，真是有趣。」火山嘻嘻笑說。

火山發動他那輛老爺車，試了半天才終於發動。

溫泉屋裡奔出兩個女人，是剛才的兩個泳裝歐巴桑，已經跨坐在機車上的兩人回過頭，兩個歐巴桑要求火山和萊德載她們一程。不待兩人回答，其中一個已飛快逕自跨上萊德的機車，抱住萊德的腰。

「他們都還沒答應，你搶什麼！」另一個歐巴桑嬌嗔說。

「你坐那一輛嘛！」

兩人送了這兩個歐巴桑回家，但婉謝了吃晚飯的邀請。

離開的時候，火山發現萊德懷裡抓著一隻雞。

「連這個你也偷呀，人家說偷雞摸狗，你是不是摸了狗呀！」火山咧開嘴笑著，這是他的習慣表情。

兩輛機車停在田埂上，萊德與火山注視著日落的景致。

萊德把攝影機從背包拿出來。

「你什麼時候偷拍的？」火山很意外。

「侏羅紀公園噢！」萊德說。那是剛才在浴池裡歐巴桑嬉鬧的影片。

「啊，拍到我了。」火山說，「我看起來好酷，真不是蓋的。」

「明明就是白癡的表情，白癡到不行，歐巴桑看了大概無法分辨，要是年輕的女孩子看到回家會做噩夢。」萊德說：「喂，你現在再作一次那個表情看看。」

「不行，那是難能可貴的剎那，刻意作是作不出來的啦！」

# 10

作家K離開房間後，酒吧女服務生夢雲覺得無聊，下樓來晃蕩，遇到大學生小白和水電工，便和他們攀談起來。

「你們是學生？」夢雲問。

「我是水電工。」水電工答道，自覺這話說得頗幽默。

「水電工？不像。」夢雲說罷，轉臉對小白：「放暑假呀？」

坐在沙發上的小白沒答話。

夢雲不知為何福至心靈，說起英文來。「How are you? Where are you come from?」

小白正在看的是一本英文書，那是神經藥理學的教科書。

愣了一下的小白站起身伸出手給夢雲。「Nice to meet you.」

夢雲笑笑，低聲說：「死相。」

小白坐回沙發上，夢雲也跟在小白身邊坐下，彷彿很有興味地望著小白手中的書。

「別裝模作樣啦！」水電工說。

夢雲和小白兩人皆抬起頭。

「那傢伙是個色狼。」水電工指著小白說。「別太靠近他。」

「你才是色狼吧？」小白說。

「我可沒說謊，你還曾經被逮捕過。」

話說，學校裡曾有一專門出沒圖書館女廁與女生宿舍襲擊女學生的色狼，後傳出此人正是小白。

不過，小白其實是冤枉的，原來那色狼的長相與小白神似，是一已畢業的研究生。

說來也是頗奇怪的事，每次電視或報紙出現關於變態、強暴犯、偷窺狂、戀物癖等這些人可恥猥褻的犯案消息，其被逮捕而讓大眾看到他們的廬山真面目的時候，往往都是相貌稱得上斯文英俊的男人。擁有像這樣的容貌的男人，要讓女人傾心或投懷送抱也不難，為何就偏喜歡做這麼污穢鬼祟的醜行呢？甚至襲擊女人也不挑對象，醜女或十三點的中年女人都不拘，真是讓人不解。

夢雲聽說小白是偷襲女性的嫌犯，反應茫然，「是怎樣的襲擊女人呢？摸她們的胸部，還是手伸到內褲裡呢？只是做出猥褻的動作，還是意圖強暴呢？如果是真的要侵犯女人，到底有沒有得逞呢？」夢雲問。

「胡扯！胡扯！我從未襲擊女人過。」小白慌忙說。

水電工滿意地發出笑聲。「他不會襲擊女人啦！他是同志，只喜歡男人。」

小白生氣地起身，捧著他的教科書上樓去。

小白離去後，夢雲問水電工：「那個人，真的是同性戀嗎？」

水電工聳聳肩。「誰知道呢？他什麼也不是。」

夢雲嘆了口氣，喃喃說道：「我在你們的年紀……唉，簡直不願意去數離現在有多遠……二十歲的我壓根不稀罕肉體之歡，只嚮往精神性的戀愛，你瞧如今呢，能抓住的卻只剩下肉體的激情。並非肉體的激情有多爽快，只不過它是僅有殘存的東西。啊！多麼可悲，偏偏到了這樣的地步，肉體也同時變得醜陋……我是個不回顧過往的女人，但是你讓我想起二十歲的自己，不，別說二十歲了，跟現在相比，連三十歲都是無比的年輕，我告訴你，我三十歲的時候，還是被當作少女一般。」

女人將悲愴的臉轉向水電工，她的嘴唇非常薄，上方有好幾道皺紋，塗著油亮亮的唇膏，那樣近距離看，覆蓋在臉皮上的粉霜底下有好多灰褐色的斑點。

「別這麼說，你……還很年輕……，也不醜。」水電工結結巴巴地說。

「你嘴真甜。」夢雲一笑。「人家都說年紀大的女人會對年輕男子拋媚眼，老牛就愛吃嫩草，我跟我自己說，我可不讓人這麼想，再說，年輕的男人有什麼好？男人太年輕沒見過世面，又太孩子氣，脾氣任性，又不懂呵護女人。可是啊，我現在總算發現年輕男人的可愛之處，像你這樣的大男孩，怎懂得算計呢？該是想什麼說什麼，坦白又直率吧！沒心眼的人說的話，比精心算計要能打動人。你說說看，你對我說假話，能圖什麼呢？像我這樣的女人，就算百般勾引你，你也沒興趣吧？那你又何必討好我？」

水電工聽了，平常很會自作聰明不著邊際胡扯一通的一張嘴也為之語塞。

「你這麼說言重了。」

夢雲望著面紅耳赤的水電工，若無其事說道：「其實，我身材保養得很不錯。」

水電工低頭瞟了一眼穿著半透明薄紗洋裝的夢雲，當然，雖是半透明，胸部和下身、大腿部分，都有襯裡。

「臉上的皮膚固然塌了點，但腹部和大腿的肌膚還是很滑嫩。」夢雲說著，把下巴抬高，「你瞧，連脖子肉也如此白細，這就不容易了，有些年輕女孩才二十幾歲脖子肉就鬆弛了，一層層皺摺如蜥蜴一般。唉，真是悲劇，花樣年華的少女卻有老太婆的脖子皮，那個連整型也回天乏術啊，可憐可憐……所以說，又滑又嫩又緊的脖子皮肉才是最難能可貴的天賦，你要摸摸看嗎？」

水電工露出猶豫的表情。

「下巴又不是性感帶，摸了死不了人的。」夢雲說。

水電工伸出食指，飛快摸了一把夢雲的咽喉處。

「不是那裡，是這裡，下巴到脖子頂這一段，怎麼樣？很緊實吧？」

水電工又伸出食指和中指，在夢雲指定之處搔了兩下。

「要是貓的話，就會發出咕嚕聲啦！」夢雲笑著說，放下她仰了半天的下巴。「要不要到我房間來坐坐？我可沒意思要誘惑你，咱們促膝談談，交個朋友，在這鳥不拉屎狗不生蛋的地方……嘻嘻嘻，我老是講錯哪，狗本來就不會生蛋不是嗎？來到這無聊的鬼地方，沒人說話我快悶壞了。」

# 11

水電工跟著夢雲來到房間，夢雲進了房便換上了絲緞的短睡衣，好整以暇地坐在床上，水電工則坐在旁邊的單人沙發。

「你倆一起來的啊？」

「嗄？」

「剛剛那個小帥哥。你跟他一起？」

「你可別誤會，我跟他很清白的。」

夢雲笑笑。「我也跟個男人一起來，我跟他也是清白的。」

水電工心想，誰在乎你跟哪個男人清不清白。不過，仔細一看夢雲露出的大腿，還真如她自己所說的，身材也不輸年輕女子，大腿肌還比時下許多墮落的少女富有彈性。

夢雲見水電工盯著她的大腿看，便從行李提袋裡取出一瓶乳霜，「這個是緊實霜，我保養不懈怠，就算是母親生病或者家裡淹水也不中斷。」說著打開瓶蓋，擠出裡頭白色的霜狀物在自己大腿，開始按摩起來。「像這樣不嫌麻煩地每天作全身保養，是一件需要毅力的事情，天下沒有白吃的午餐。瑣事持之以恆比大事衝鋒陷陣還難。」

「你說得對，我上了寶貴的一課。」水電工說：「人生果然處處值得學習，並非只有大學是教室。我現在終於明白了，人們太拘泥於學校教育，事實上從學校裡學不到人生的真相，學歷與文憑絕非真正有用的東西。」

夢雲一聽，感覺這話打中她的心坎。

「你真是不同凡響。」她說。

水電工不知自己說了什麼獲得「不同凡響」的評價，但畢竟沾沾自喜起來。

「也許我跟你可以成為靈魂伴侶。」夢雲說。

「靈魂伴侶？」

「我倆何不保持一種純潔的關係？就當彼此的心靈知己。」夢雲說：「還是你怕世俗的眼光？」

「世俗的眼光？」

「世人必會以有色的眼光看我們，你在乎嗎？」

「世人幹麼要用有色的眼光看我們？」

「你這麼說也是，只要自己心裡坦蕩蕩，根本感覺不到別人的眼光，說穿了，害怕別人的眼光也只是自己的疑心作祟，這回是你給我上了一課。」

水電工不是很明白夢雲說的是什麼意思，只盯著夢雲胸部的曲線看。這女人說不定年紀跟自己母親不相上下了，但身材還真有天地之別。

「我冒昧請問，你結婚了嗎？」水電工說。

「你這麼問確實失禮，我沒結婚，還是單身女子。」

果然，是沒結婚也沒生過小孩的差別。

但話是如此，對年紀比自己大上快二十歲的女人勃起，心中總有一種羞恥感，這羞恥不是來自於涉及亂倫那樣深邃的課題，跟佛洛伊德沒什麼關係，純粹是怕人知道自己對老女人興起慾念，是件丟臉的事。

「你剛說你媽生病的時候你照樣保養你的腳？」

「不是只有腳，是全身。」夢雲更正。

「噢，對不起，我說錯了。」

「而且保養腿跟腳又是不一樣的，腳部的保養更複雜。」

「那個就不用說明了。」

「是啊，連母親生病的時候也不忘勤快地保養全身的肌膚，聽起來是不孝，但我總要為自己想。」

「我同意，我也不是為父母而活的。」

水電工想到自己的母親整天嘮叨，把親戚們老是問關於他的事讓她難以啟齒這些掛在嘴上一再重複囉唆抱怨，實在不耐煩。如果你覺得不爽快，就說自己不爽快，幹麼老說是因為親戚朋友的關係呢？像這樣虛偽地說話，真是讓自己的兒子瞧不起。

聽水電工這麼說，夢雲情不自禁說起關於自己的身世。

過去搬弄自己身世的不幸曾是家常便飯，儘管男人大抵都聽慣風塵女的這一套，心中也從不真的相信吧？但若是從惹人憐愛的女人口中說出，都變得動人可信……不，管他信不信呢？總之能從男人身上賺點什麼。但她已很久不談自己的身世了，甚至寧可編造自己出身自平凡無奇的小康家庭。

然而此刻她認為有必要坦誠以對，增進彼此真正的了解。於是她便侃侃而談自己的母親身為養女，幼年被當作免費童工飽受虐待，吃盡辛苦，十四歲便被嫁給一個粗暴的男人，接連懷三個孩子皆流產，第四個孩子生下不久也死亡，後來嫁給她父親，父親算是個中規中矩的人，雖然無能，但並無惡行，總算日子可以過得平順些，然而沒多久母親卻發了瘋，一旦發起瘋來便鬼哭神號；若是在自己家裡發瘋也就算了，母親卻會跑出屋外沿街瘋言瘋語；若是每次發作都擺明了像是瘋子也就算了，有時看來模樣像正常人，說的話卻全是莫名其妙的謊言；若這些謊言跟自己家的人說也就算了，偏偏卻到外面逢人就說。父親便開始借酒澆愁，每日喝得酩酊大醉，有時到天亮才回家。回到家中便要面對一個發瘋的女人，而走在外頭也要面對閒言閒語的街坊鄰居，換做任何一個男人，有一天都會受不了吧！於是父親就逃走了。其實最想逃走的是她，誰知父親搶先了呢？雖然也很想丟下母親一走了之，卻又做不出這樣的事，而那個瘋女人，竟然到處說她的壞話，把自己的女兒說成不堪的不孝女和淫賤殘酷的妓女，她覺得母親很可憐，但又同時痛恨這個瘋婆娘。

逃走後的父親成了酒鬼……什麼成了酒鬼，早就已是個酒鬼，因為喝酒鬧事，得罪了不好惹的人，以致於被砍斷雙手送回家，此後都得由她餵著吃飯。她為了逼父親自己學習用斷肢捧住碗吃東西，故意流連在外不歸，誰知父親就絕食不吃，終於身體衰弱又染上流行病一命嗚呼。

水電工聽了嘴巴合不攏，雖不至於流下同情之淚，內心卻充滿了憂鬱。諷刺的是，他的性器官也因之不斷膨大，他望著女人薄而柔軟的睡衣底下乳房的形狀與激突的乳頭，和從衣服下伸出的手腳，女人的表情好像在說著「快來將我撲倒」，高漲的情慾令他移動身軀靠近女人，說出自己毫不羞赧的陳腔濫調：「你真美，這麼美的女人不應該悲傷……。」

# 12

女大生小慢一怒離開教授家，照理說，對待年輕任性又有點姿色的女性的拂袖而去，應當立即追上才是禮數，但在母親嚴加看管之下的教授，只能乖乖坐在屋子裡。

小慢叫了車，來到同夥小白和水電工投宿的旅館後，傳簡訊給教授告知她所在的地址。母親雖然晚間十點就上床，但卻睡不著覺，陪在旁邊的教授直到確定母親熟睡，才躡手躡腳跳下床，提著鞋子和手提包賊頭賊腦離開。待教授來到旅館，已經是凌晨一點。

這旅館雖比普通民宿大而房間多，但一向客人稀少，所以白天也只有一個中年女傭和一女服務生負責燒飯、清潔等工作，晚間就只剩老闆一人。

教授來到之時，老闆還沒睡，一個人在房間裡喝著酒，傍晚和作家K從樹林回來，一路上本有些心情要抒發，無奈到頭來什麼也沒講，頗覺鬱悶，又想到K帶來的那個女人，肯定不是K的老婆。真沒想到堂堂一個正經的作家，也偏好風塵味的女人。

旅館老闆出來給教授開門的時候，還沒露出醉態，但回到房間裡又喝了一瓶威士忌，就兩眼昏花，打算上床睡覺了，此時已是凌晨兩點。

不料竟然這種時刻，又有人敲門。

前來投宿的是一對男女……不過猛一瞧還以為是兩個男人……一個鬍渣亂七八糟，頂著凌亂滑稽的鬈髮，穿著窄管褲和拖鞋、嘻皮笑臉的男人，跟一個個子較矮，一點女人味都沒有的單眼皮腫眼泡女人。

老闆替兩人開門，讓他倆把機車停在院子後，帶兩人上樓。他已醉得路也走不穩，差點從樓梯上滾下來，那男女看來非常疲憊，但精神卻還是很好的樣子。

老闆將兩人帶到閣樓的房間，打開門，按了電燈開關，臉上露出意外又困惑的表情。

「啊！走錯了。」老闆打了個嗝說。

站在老闆身後的女人方才伸長了脖子，已瞥見房裡的光景，頗感訝異。

「火山，過來瞧。」

男子擠進老闆和萊德中間往房間裡瞧。

「那是什麼？死人嗎？」

「不是這間，弄錯了，你們的房間在樓下。」老闆說完，關上電燈，拉上門，推著萊德和火山離開。

「剛才床上那個，是屍體吧？」火山問。

躺在那房間的雙人床上的一男一女為何讓人認為是屍體呢？其一，兩人皆全身赤裸，此種情形下，黑暗中突然有人開了燈卻沒驚惶坐起趕緊拿被單遮住身體，不是正常的反應。其二，不但沒有倉促遮羞，甚且還動也不動，連眼睛都沒眨，只把兩眼張得大大，眼神呆滯目無焦點。其三，兩人浸在血泊中，手腳軀體與被單都染滿鮮血，而旁邊不似有新宰的牲畜之類的。

「那實在是蠻酷的。是剛死的嗎？」

老闆沒回答火山的問題，將二人帶到二樓盡頭的房間後，連打了三個呵欠，瞇著眼睛走開，還沒走到一樓，就往樓梯一坐，靠著牆壁呼呼大睡起來。

房間裡，火山把背包扔在地上，往床上一倒。

「你有沒有看清楚？我只瞄了一眼，死人耶，好多血噢，這間旅館真不是蓋的。」火山說。

「我好睏，我快累死了。」躺在旁邊的萊德說。

「我也是。」

# 13

教授來到旅館，當然不好說跟小慢住同一間房，而是自己入住一間單人房，不過，馬上就跑到小慢的房門口敲門，連行李袋也提來了。

「誰啊？」小慢明知故問。

「是我。」教授鬼祟地壓低了嗓子說。

小慢開了門，一臉不耐煩地說：「怎麼這麼久？」

教授一臉無辜地解釋：「媽媽今天不知為何情緒就是特別亢奮，怎麼都睡不著，好不容易打呼了，以為睡著卻一動她就又醒啦！你看過有人醒著打呼？她就有這個本事。」

小慢已換上粉紅色款式清純、嬌俏可愛的睡衣，在床緣坐下，打了個呵欠。

「這麼晚了還打擾你，真不好意思。」教授說。

什麼跟什麼呀？說這樣的話未免太裝蒜了，小慢想。

「不，一點都不晚，我精神還頂不錯。」一邊說又打了個呵欠。

「那麼就來聊聊吧？車上有那兩個男生，很多話不好談。」教授說。

「教授說的不好談的話，指的是什麼？」小慢問。

「你沒有問題要問我嗎？」教授反問。

小慢想了想。

「關於在九一一事件現場中找出最後一位生還者的搜救犬，死後被複製公司選為最值得複製的生物，以其基因複製出五隻小狗這個新聞，教授有什麼看法？」小慢說。

「好問題……」

「好問題」其實是教授上課時的口頭禪，只要有人提問，他的發語詞都是這三個字。

「我不知道你對這樣的問題感興趣。」

事實上小慢對這樣的問題興趣不比對麥可．傑克森那兩個根本沒有他基因的小孩監護權歸誰或者科學家利用基因改造技術培育較不太打嗝跟放屁的牛是否真有助拯救地球的興趣高。

「純粹我個人的看法，這牽涉了幾個價值的問題，首先，最值得被複製是什麼意思呢？這個篩選顯然意味了一種生命價值的高低標準，姑且不論誰能判定生命價值孰高孰低——縱使大多數人持對世人的貢獻為其依據的標準的想法，然而，所謂的對他人的貢獻又如何定義？如何比較？

「再者，被選為最有價值的生命，其複製又意味著什麼呢？若說在複製之前做了篩選，很顯然，複製這件事是有一個高度的，生命價值低的生命不值得被複製——或說，被免費複製，因為有錢人可以用金錢來買沒有價值的生命的複製。當然，這裡我們出現了與方才的存疑甚至抱有諷刺的態度有所矛盾的弔詭，我們確實下意識就對他人生命價值存有判定高低的偏見，任何人都可能鄙夷某種存活方式，好比說庸俗的、缺德的，這討論下去自然又是無限延伸，什麼是庸俗？什麼是缺德？

「最後，被複製出來的來自於最有價值的生命的基因的這些新生命，他們與前代有相同的基因，但不意味著他們是相同的生命，他們並不真的延續前代的生命，但此種情形下，他們背負著延續前代生命價值的要求。當然，你會說，每個生命都相當程度背負著這種要求。不過我的研究專長不在倫理學方面，這純粹是我本身的哲學性思維。」

「真是一場精采的演說，我對您是更加崇拜了。」

小慢用起敬語來，只是又打了個呵欠。她是真的睏極了，也很納悶一整天旅途的疲憊，教授為何還精神奕奕？

「如果你真的這麼喜歡聽我發表高論，為何課堂上很少見你的蹤跡？你的缺課時數比上課時數還多，這是什麼意思？我還以為你藐視我。」

小慢打起精神，正色莊重的模樣說：「上課固然有意義，缺課也非不得已也。好比說家中有人死亡，或是撞車、被隕石砸到、感染流行病等等天災人禍，當然無法來上課，這是出於被迫，非當事人自己選擇的結果。聽起來，老師和學校認為學生只有在不得已的狀況才能缺課，換言之，是不容許有自由意志的，不容許一種經由自我思考和選擇，做出不上課的決定。

「這是什麼原因呢？所謂的選擇，通常意味眼前有兩個以上的選項，我舉個例子，有位老人在你面前遭歹徒毆打搶劫，你可以選擇上前干涉，或者報警。若是老人受傷或是昏倒了呢，你可以選擇關切老人的情形，叫救護車，還有警察前來處理時，是否要配合，又或者，置之不理，當作什麼也沒看見。在此同時，還存有另一個選項，就是到學校去上課，我們假設這發生在去學校的途中。

「試問，關切老人的事，是否被迫？並不，如前述，是出於選擇。在這個當下，有無數多種選擇，也或許我未選擇前述任何一項，而是去看電影《哈利波特》第六集。而這其中的任一選項，各自背後有什麼不同的意義？何者高過其餘的？上課是當中最神聖的、至高的、不容侵犯的嗎？學校和老師是藉由剝奪學生做出行動的選擇來確定高等教育的重要性嗎？」

「好問題。照你這麼說，凡你缺課的時候，都是做出了意義勝過上課的選擇嗎？」

小慢說是。

事實上她沒有去上課的時候不是在睡覺就是講電話、逛街、玩樂。

「你可否舉幾個例子？」

「這個嘛！非固定的部分，我不定期探訪社福機構，協助幫助腦性麻痺學童、受虐兒和婦女、慢性病行動不良老人，也參與各種抗議違反人權人道之不當法令通過的活動和聽證會，固定的部分呢，我每週替公益和宗教團體發送宣導改善世界和社會的思維內容的傳單……呃，另外對參與環保議題相關的各種活動也投入了大量的時間。」

其實固定的部分只有每週到她喜歡的法式甜點店報到和做水晶指甲。

教授聽了，並未相信也未存疑，基本上相信或不相信意義不大，只說若小慢所言屬實，應可以提出證明。

教授此言也未嚇到小慢，小慢面不改色說，提出證明乃是最簡單的事，但教授並未回答她的問題本質的部分，有關於選擇權的問題。

誰有權力判別面臨選擇的時候哪件事情較為重要呢？又或許，學校或老師認為學生沒有衡量孰者重要的能力，所以乾脆不給予這樣的權力？在小慢的天平上，跟朋友打電話窮哈啦這件事比上課重要，也比去幫快死的老頭子或者有罕見疾病的小孩重要，這有錯嗎？她是她自己的主人，她為何不能決定她的世界裡什麼事最重要？但她不是白癡，她懶得去跟食古不化的人爭辯，既然這些人都認為幫助可憐的弱者是人類行為裡最偉大的，那麼就這麼便宜行事地置換一下，也沒什麼不行。

「我不明白，若你認為學校教育是當中最不重要的事——照你缺課的數量來看，你又何必入學呢？既然你提到選擇，大學教育非義務教育，本來就是一個選項，做出這個選項的是你自己，既然做了，卻又鄙視，不是矛盾？」教授問。

「不，雖然表面上看來上大學是出於自由意志做的選擇，事實上卻等同於被迫，你也許會說，沒有任何人強迫我上大學，但換個角度，每個人都在強迫我上大學。今天的大學教育是不值錢的，並非因為它不值錢而不需要上，剛好相反，因為它不值錢反而非上不可，一樣東西如果廉價到滿地都是，那就不是沒有也沒關係，而是連那樣的東西都沒有是沒臉活在世上的。於是，既不值錢，又非要不可，當然令人心不甘情不願，何況這還不是免費的，文憑本身價值低劣，卻要花高額學費跟花時間，可說是勞民傷財。」

「你有『文憑本身價值低劣』的概念，非常有見地，果然是奇女子，不過，我把問題單純化，我不管大學教育如何，我也不管學生應學習的責任感如何，我的課怎樣呢？單就論我在課堂講的課，你覺得那麼不值一聽嗎？」

小慢很想回答：是不值一聽，但方才講的實話已經夠了，再多就不智了，她路小慢可不是個腦殘只有大胸部的芭比娃娃。

女人一旦聰明起來，馬上就會擺出一副笨樣。讓人感覺聰明的女人，可說實際上是笨，因為聰明的女人是很討厭的，無論男人或女人都憎厭，因此要是真聰明，就曉得時時裝笨，越顯得真笨就越聰明；而被認定是笨蛋的女人，才是高手，有些男人栽在看起來笨頭笨腦的女人手中，到死也不知道對方並非笨蛋。小慢一發現方才露了餡，太咄咄逼人，還被評為有見地，實在失算，立刻一翻白眼，笨得一塌糊塗。

「怎會呢？人家最愛上教授的課，無奈總是陰錯陽差，好似羅蜜歐與茱麗葉，崔斯坦與伊索德，金玉盟，你說這是不是老天故意作對，存心拆散我倆？」

「真有此事？我不知道你這麼重視我的講學。」

「當然，否則人家怎會跟教授來此？」

「說得也是。」

「我不是為了教授的德行、才情、智慧、知識，難道為了別的？」

「好問題……不不不，當然是為了我豐富的學養和知識，不過，真的沒有別的？」

「教授的意思，還有什麼別的能耐人家還不知道的？」

「就是那個啊！你怎麼會猜不到。」

小慢鼓了鼓腮幫子，露出天真無邪的表情說：「討厭啦！人家怎麼會曉得。」

「你沒看過嗎？我表演很多次的呀！」

小慢愕然。「什麼？」

「模仿周杰倫啊！大家都說好像好像噢！你要我現在做給你看嗎？」

「不用了。」小慢冷冷說。

# 14

小慢問教授是否要去洗澡，教授說不用了，在家已經洗過。說完，竟然提著行李袋說時間不早，該回房間睡覺了。

到現在還完全沒提到正事哩！但不能操之過急，吃快弄破碗。看來可能教授比她及她的同夥預想的聰明，小慢無法確定，教授到底是故作矜持，還是在耍什麼伎倆呢？總不可能還真老實吧？

小慢轉念一想，難不成教授對她真的毫無慾念？這想法初萌可是打了小慢一耳光，她對自己的魅力是十分有自信的，可是，送上門來的女人卻加以拒絕的男人，這世上也是有的。

巷子口機車行老闆的兒子就是個例子，小慢對那男子可沒特別的興趣，只為了好玩想勾引他一下，對他結實的臂膀摸摸捏捏說這麼堅硬的肌肉好像金鋼狼噢，沒想到對方竟面無表情地訓斥了她一頓。我呸，真是裝模作樣，無怪只能幹機車的差事，名符其實的機車！那男子的女友身材肥胖，也不是良家婦女，打扮風騷，講起話來卻嬌嗲又愚笨，跟她這樣上等的條件根本不能相比，你說，是不是叫人嚥不下這口氣！

這麼想來，《色戒》裡頭那夥頭腦簡單的天真大學生要王佳芝去勾引易先生的時候，也不想想王佳芝這一型是不是易先生的菜，雖說男人都是下半身思考，但那只意味著腦袋不管用而已，以為這邏輯導出的是只要有洞可鑽就鑽進去的結論，到底有沒有失之偏頗呢？男孩子們聚在一起的言談，總以好色為傲，彷彿色慾強就是有男子氣，越是不知羞恥地好色，越是個真男人，爭相表現自己下流的慾望來沾沾自喜，所以才說會叫的狗不咬人嘛！又不是嘴上好色就表示那話兒真的強。

可是當中也總有自視標準高、絕非葷腥不忌的，通常這樣的人不在同儕在場時持這論調，倒是愛私底下單獨對女人說，其慾望可不是隨隨便便能被勾起，而是有嚴苛的要求的，是高品質的愛好者，不屈就於低劣的貨色，普通男人愛賣弄讓人流口水的那類對象，穿著暴露長相庸俗的台妹或AV女優是無法讓自己勃起的，有胸無臉的女人令人生厭，有臉無腿的女人也不合格，有腿無臀也不行，談吐低俗也讓人倒陽……唉呀當真如此，這種男人唯一能勃起的時刻大概只有早晨醒來時吧！

反過來說，似乎也有對美女毫無感覺，卻偏偏會被醜女激起情慾的男人。雖然小慢對這樣的現象，其心理層面運作的邏輯完全不能理解，但人世間處處充滿不合理的事實，姿色平凡無奇的女子總比美女左右逢源。該不會，教授碰巧喜好的不是她這種臉蛋、身材、頭腦、氣質絕佳，連皮膚都吹彈欲破，髮質也健康優美的女子，卻只垂涎醜而呆傻、手腳短胖、一臉青春痘的女生？

或者，教授是性無能或同性戀？

不，不可能。傳說教授曾與一女老師發生緋聞，後來拋棄了對方，這女老師只得黯然離開學校，據聞那女人姿色也是上等。當初教授說要回鄉下老家一趟，小慢想同行，理由是可與教授做些學問上的討論，教授欣然同意，後來小白與水電工要搭便車，教授還露出煞風景的表情。何況，教授若真的對自己全無企圖，又何必跟來旅館呢？

人生在世面對形色事物，要麼沒有慾望，要麼有慾望於是加以遂行，若是有慾望卻騙說自己沒有，或者想遂行慾望卻硬是做出相反的言行，那未免太扭曲變態了，不合情理。

所謂「正人君子」這樣的詞，根本毫無意義。

教授拿起行李袋作勢離開，小慢跳起阻止，拉住教授的行李袋，拉扯之間，從沒封好口的行李袋裡掉落出一堆東西到地上，其他拉雜的東西不說，吸引小慢視線的是好幾片色情光碟，小慢撿起檢視，全都是以熟女為對象的A片，做愛對象無論是人妻、女教師、女上司，都是四十歲以上的熟女。

小慢一看，臉上露出驚恐的表情，教授則一副慌張模樣，嘴裡咕噥著想要有所辯駁的話，卻想不出是要辯駁什麼。

「不是這樣的，不是像你想的……」好不容易勉強這樣說。雖這麼說，但不是這樣的「這樣」是什麼意思呢？不是這樣又是怎樣呢？毫無概念。

「教授真可惡，人家真的好失望！」小慢眼眶含淚地大喊。

話。

教授一聽更是面色大變，又繼續重複「不是這樣的，不是像你想的」毫無意義的兩句

「好變態！沒想到教授是這樣的人。」小慢尖聲說。

「噓……小聲一點。」教授豎起食指在嘴唇上，抓著小慢壓低了聲音說。

「這怎算得上變態啊！你的思想太守舊了，教授也是人，看看A片也是正常的嗜好。雖然與隨身在手提袋裡裝著證嚴法師或達賴喇嘛的書比起來，似乎較為不高尚，但人的身心發展必須均衡，只有精神的追求是不行的，肉體的健康也要顧及。」

自己這麼說著，教授也覺得這是天經地義、理直氣壯的事，方才幹麼那麼慌亂，真是太不沉著了，讓人見笑，現在開始必須表現得若無其事、篤定穩重才行。

「你或許把喜愛看A片的男人視為色狼，但性幻想與實際的性行為是有差距的，喜歡看強暴婦女情節的片子的男人不見得真的會強暴婦女……」

你當我三歲小孩啊？小慢想，啐了一口。「我可沒說看A片的男生就是色狼，要真這麼說，看迪士尼卡通的人豈不都是低能了？」

「說得好，我就知道你非食古不化的人。」

「教授為何帶著這樣的光碟到我房間裡？實在太欺負人了。」

教授一聽，頓時又露出慌亂的表情。

「你誤會了，我沒有任何用意，只是不放心才隨身帶著，怕放在房間裡萬一被人發

現……」

這麼講，不是自打耳光嗎？剛才才說這是無可指責的人之常情。

「我並無心存不良的意圖，我對你……」

「明明就只中意熟女，卻特意帶這種片子來給我看，分明是侮辱我，太瞧不起人了。」

小慢說，為了加強效果，還語帶哽咽。

「啊？」教授愣了一下。

「教授只喜歡老女人吧？」

「沒，沒有這種事！你瞧，這些片子裡的女人頂多四十來歲，四十歲的女人還比我年輕許多哩！真要只喜歡年紀大的女人的話，應該以五、六十歲為對象吧！」教授說。只不過是沒找到那樣的片子，雖然有六、七十歲的老人與年輕女子做愛的A片，卻沒有兩者年紀顛倒的題材。

「我不管，教授您這麼做，真是欺負人。」

突然又用起敬語。

「別，別這麼說……」教授慌慌張張的，撫摸著含淚的小慢的秀髮。

# 15

夢雲要水電工把衣服脫掉，水電工嚇了一跳，但不便讓人以為自己沒見過世面，便擺出一副老練的模樣，先把上衣脫了。

「等會兒啊，可會讓你舒服得。」夢雲說。水電工感覺自己的心臟怦怦跳得厲害，又想到那些電影或書本裡的笑梗，「要不要先放點音樂？」這種台詞，突然頗覺不無道理。

才這麼想，夢雲自己說道，「唉呀，要是有音樂就好了，有助於放鬆。」本來倚在床邊的她一躍而下，尋找室內有無播放音樂的設備。不過因為是類似民宿的陽春旅館，沒有床頭音響，只好打開電視轉到音樂頻道，播放的都是些要死不活的國語情歌，「聽這種東西教人怪不舒服的。」夢雲說，便關掉了。

「有啦！我有這個東西，咱們就一起聽吧！」夢雲從包包裡掏著什麼，一轉頭，對水電工道：「長褲怎沒脫呀？內褲也要脫噢！」

水電工聽了，只得乖乖脫個精光。夢雲指示水電工趴在床上，然後將她放在妝台上的幾個瓶罐拿過來，擺在床頭。剛才從包包裡取出的是MP3隨身聽，此時她跨坐水電工背上，把耳機的一只塞在水電工的右耳。

「啊，耳機線不夠長嘛！本想一起聽的，真掃興，若是可以一人聽一邊就好啦！」說著把另一只塞進水電工左耳。

頓時在水電工耳朵裡響起的，是搭配一種狀似空靈的軟調抒情歌音樂的女聲唱誦佛經：「往昔所造諸惡業，皆由無始貪瞋癡，從身語意之所生，我今佛前求懺悔……」水電工翻了翻白眼。

夢雲將小瓶打開，裡頭是香精油，倒在手中開始搓揉水電工的背部。

果然舒服，水電工心想，嘴裡發出「唉呀」一聲。

筋肉被揉捏不但是通體舒暢，時有的痛感更是刺激，但這還不如一思及自己赤裸的肌膚一吋吋這樣被女人撫摸著，簡直感覺自己有如處女般嬌羞，實在讓人春心蕩漾，水電工感覺那話兒迅速膨大，不禁微翹起屁股來。

「你身上的肌肉真是僵硬哪！這麼青春的身體應該柔軟又富有彈性嘛！一定是生活太墮落了。」夢雲說。

等夢雲的手搓揉到水電工的兩瓣屁股時，水電工感覺大腿開始抖了起來。待夢雲的手沿著水電工的屁股縫摸到睪丸，水電工不自覺又把屁股聳得更高，夢雲彎低身子，挨到水電工背上，從兩胯下方探去的手才搓了水電工的老二兩下，水電工便發出嗚嗚的悲鳴射了出來。

水電工翻過身，面紅耳赤地遮住自己的下體。

「唉唉，真可愛。」夢雲笑道。

水電工覺得鼻孔和人中處癢癢的，用手一摸，竟然是流鼻血了，趕緊擦掉。耳朵裡還繼續響著佛經唱誦。據說第一次性愛的情境將會左右日後性快感的感知，萬一以後凡是聽到佛經唱誦就會勃起，或者做愛做的事的時候都得聽佛經唱誦，那豈不糟了？水電工緊張地拔下耳機。不過，剛才那舒服，實在是銷魂啊！

此時作家K用鑰匙開了門進來。

雖然稍早時負氣跑出門，終究是要回來睡覺，誰知一開門便見裸體的陌生男子躺在屬於自己的床上，作家K頓時勃然大怒，指著夢雲喊：「你這不貞的女人！」

「開什麼玩笑啊？你是我什麼人，竟有資格說我不貞？」

K自知理虧，但仍然堅持他的論調。「就算我不是你什麼人，你的行為依舊可議，竟然如此隨隨便便與男人亂搞，這就是不貞！」

「我沒跟她亂搞，我們倆什麼都沒做。」水電工趕緊辯駁。

「別說了，我和這個傢伙也什麼都沒做。」夢雲用下巴指了指K說。隨即瞟了水電工下身一眼。

「看吧！隨隨便便一個男人的那個也比你大。」夢雲特意加重了「隨隨便便」這四個字。

K聽了感覺十分屈辱，但他也往水電工的下身一瞧，不得不承認自己輸人。

「他的比較大又怎樣？性學家皆言性快感和性行為的美滿與大小無關。」

「那是為了安慰所有世界上性器短小的男人哪！若不這麼說的話，像你這樣的人都要去樹林裡上吊自殺了。」

K一驚，趕緊反駁：「我剛才確實是要去樹林上吊自殺，但並不是因為自己性器短小之故。」

夢雲並不知道K打算去樹林上吊，她這麼說的意思，只是在普通的房子上吊的話，屍體不是早晚被人發現（一併有機會發現那話兒的尺寸的真相）？應該去沒人找得到的樹林才能遮羞，此話完全是想嘲弄激怒K。

水電工突如其來地插話：「你不就是作家K嗎？我好喜歡看你的書，我是你的崇拜者，你的專欄我都有看，我專為看你的文章去買那本爛雜誌。」

K聽了臉上表情立即轉為羞赧，謙虛地說：「謝謝你的抬愛，真高興你喜歡我的作品。」這是他一貫面對粉絲的台詞。

但同時他又驚覺自己的身分與祕密已遭暴露，趕緊說：「我的那玩意兒可不小，別聽那女人胡扯。」

「你不承認，拿出來比較一下啊！看到底是誰的大。」夢雲冷笑說。

「我才不做這種無聊事，實在太下流。」

夢雲用鼻子哼了哼。「怕了吧？我看你也不敢。」

就好像明星或政客不管證據多確鑿，反正抵死不認又奈我何，K一口咬定自己的那話兒尺寸不差，但拒絕亮相證明。「我有拒絕露鳥的權利。」

「K先生說得是，不出示鳥是人權，美軍虐囚就是把伊拉克人脫光光，拍他們的晃鳥照，用羞辱來當作刑罰。」

K點頭，非常同意。「這是很文明的見解。」

水電工也趕緊把自己的褲子穿上。

「今日時間晚了，明日再來切磋……我是說切磋文章的寫法。在下先告辭了。」水電工說完，離開房間。

K這才回神，問夢雲：「那個傢伙是誰？你跟他是什麼關係？」

夢雲此時才想到，連水電工的名字她也不知道。

夢雲聳聳肩。「在樓下認識的。」

「果然是水性楊花的女人，連樓下認識的也帶上床，你把我當成什麼了？」

「我跟他是清白的。」夢雲咬著嘴唇說。「別說了，睡覺吧！」

K熄了燈，兩人上床，背對背睡著，活像結婚已久的夫妻。

# 16

小白早上醒來，水電工還睡得很死，雖然都已經十點了，整個旅館似乎靜悄悄的，準備早餐的歐巴桑已經來了，小白吃了火腿三明治以後，到院子晃晃。

旅館的側邊院子有個游泳池，很小，像是兒童池那樣，顯然無人打理，已經荒廢的感覺，池面漂浮著腐敗的落葉，池壁也生滿青苔，事實上，水是墨綠色的，幾乎完全不透明。

然而，水池裡卻傳來嘩嘩的聲音，有人在裡頭游泳！

小白一瞧，是個穿著T恤的男生，那人見了小白，用力揮動手臂。待小白走近，認出那是誰後，非常驚訝。

「姐？你怎會在這裡？」小白說。

「你又怎麼會在這裡？」水中的萊德把兩隻手捲成筒狀起來像是望遠鏡那樣放在眼睛上說。

「一起下來游嘛！水很涼耶。」

這個時間游泳池還籠罩在建築物的陰影底下。

「才不要，髒死了，黑漆漆的，裡頭不知道有什麼東西。」
「就是這樣才好玩嘛！」
池子雖不大，但深，水的高度大概到萊德的胸部，萊德站在水中，上下跳著。
「不得了，好久沒看到你，你長得好高了。」萊德說。
「胡扯什麼，你離家的時候我的身高已經是這樣。」
「因為我的印象裡總是那個小時候又矮又瘦的你嘛！」
「別再說這個了。」
小白站在草地上，低頭俯視萊德。
「我不在的時候你有沒有想我？」萊德說。
「你不在大家都很清靜，你該不會忘了你是個很會找麻煩的人吧？」
「怎麼會？」萊德很驚訝的樣子。
「因為你很秀斗啊！已經很秀斗了，偏偏還要去做一些嚇人的事。」小白說，「話說回來，就是因為腦筋短路才會做出常人不會做的事情吧！」
「原來是這樣啊！」萊德說，彷彿很認真地思索小白所說的，覺悟到別人是這樣想自己的，但隨即就又露出一副頭腦單純的笑容。
萊德從水裡爬起來，脫下T恤扭乾。
「搞什麼？都給別人看光了啦！」小白望著裸著上半身的萊德驚愕地說。

「哪有別人?就只有你嘛!」萊德說。「給別人看到又怎樣，也不會少塊肉。」

「也沒錯啦，你這種身材哪個男人看了也不會想非禮你。」

「誰說的?人的癖好很難說，什麼樣的都有啊，不是還有新聞報導有人對母豬有性趣?」

萊德躺在草地上，說太陽等會兒就會移動過來了，在這裡等著曬上一會兒。小白坐著，兩手抱著膝蓋，心中浮現關於萊德的童年記憶。諸如用黏土在他的超人玩具上做陽具，或者在他的作業本上面寫「外星人生的蛋藏在金字塔裡」、「蟲從屁股裡跑出來」、「美國發射有大便的飛彈」這些沒頭沒腦的字句。

有一次萊德把母親放在桌上的會錢拿去全部買了蠶寶寶，說是蠶絲織成布可以賣到歐洲。家裡堆了好幾箱滿滿的蠶寶寶，噁心至極。還有一次把鵝卵石搬回家放在浴缸裡，把小白養的金魚通通倒進去一起洗澡，說這樣感覺像在河裡。淹大水的時候跑出去站在水深及腰的馬路上大喊:「來啊!來啊!看你沖不沖得走我這激流勇士!」

小的時候，姐姐長得像個猿人，留著短髮，總是被誤以為是男生，小白則眉目清秀，唇紅齒白，老被以為是女生，嬸嬸阿姨們對小白疼愛有加，喜歡把他打扮成女孩子。然而，這種因為俊美秀氣而得到的寵溺和好處，到了少年時期變得完全相反，成了惡夢，升上國中的小白文弱的相貌和身材讓他成為同學欺負的對象屢遭毆打、勒索、把臉埋進馬桶或是脫掉褲子，或被迫做各種強人所難、丟臉、不堪入目的事情。像這樣可悲的遭遇，萊德知道了卻似乎領會不出有任何需要同情的地方，只一副津津有味的樣子。

普通人會有的痛苦、打擊、難過的反應，萊德完全沒有。舉例而言，萊德的胸部平坦如飛機場，普通女生若是因此天天遭人恥笑，一定會在家裡偷偷哭泣——不！可能在人前也會控制不住以淚洗面吧！萊德不但不以為意，還若無其事地說：「雖然形狀像男人的胸部，但我的乳頭可是比男人的乳頭敏感喔！」甚至在胸口擦生薑說：「若是因此長出胸毛豈不是很有趣？」

萊德因為古怪，少女時期不得男生喜愛不說，女生也討厭，有一次被女同學用玻璃在臉上割了一道裂口，在嘴巴旁邊，萊德回去照鏡子，似乎很高興地宣布此後她要叫做「疤面萊德」。但是疤痕後來癒合，留下的痕跡並不明顯，靠近了才看得出淡淡的一道白色，萊德還很失望。

「所以說，『那個』現在怎樣了？」瞇著眼睛看著天空的萊德忽然問。

「就是那個事情啊！正常了沒有？」

小白沒說話。

「還是沒有啊？」萊德嘆口氣，「真是傷腦筋。」但是萊德顯然一點都不傷腦筋。

「我總覺得這件事我也有責任。」萊德說。

小白已有許多年不去回想「那件事情」的經過。雖然老把「那件事情」掛在嘴上，但說的總是「那件事情」造成的後遺症，而非「那件事情」本身。

萊德十九歲的時候——小白十六歲——某日回家，笑嘻嘻地對小白說：「我已經不是處女了噢！」不知這句話對小白而言，是無比巨大的震撼彈。

雖說萊德那樣的女孩，怎會有男人對她的肉體有興趣，令人匪夷所思，但令小白震驚的不在此。萊德縱使毫無女性魅力，是個怪胎，但卻可說是宇宙難得稀有的特別女人，在小白心中，萊德是無性的，無性乃是純潔，至高的純潔，人間難以存在的境界，潛意識裡，小白認為萊德理所當然會永遠保持處女之身。而萊德與男人發生肉體關係，是小白想都沒想過的事。

萊德宣稱已經不是處女，對小白造成的衝擊是難以形容的，雖也不能說是背叛，但這種感覺混雜著不可置信和奇怪的既骯髒、噁心，讓人感覺激動、生氣卻又亢奮、心跳加速。

過了幾日，小白父母離家旅行，萊德帶了她的男友回來過夜。出乎小白意料，這男人並非長得猥褻、醜陋、尖嘴猴腮（雖然認為只有醜八怪和畸形人才會對萊德有興趣似乎有點抱歉），而是相反，強壯、英俊、高大有男子氣概。不僅如此，男人的表情也不像頭腦有毛病、陰沉、有怪癖或個性下流的樣子，要說缺點，只不過是略顯輕浮，笑聲放肆。

半夜，萊德和男友鎖在萊德臥室裡，小白躺在床上，總覺得可以聽見從萊德的房間傳出來的曖昧隱微的聲音，那到底是男人的聲音，還是萊德的聲音，小白弄不清楚，或者那根本是小白的想像，一種幻聽？不管怎樣，小白輾轉反側，心中焦躁難安，不自覺手淫起來。小白為此感到羞慚、狼狽、嫌惡，同時卻又興奮，男人的臉和萊德的臉交替出現，射精以後，繃緊的神經卻沒有放鬆，淫穢的聲音還是在耳畔響起，浮現在眼前的不只是萊德和男人的臉，還有萊德的胸部，男人的屁股，萊德的手、腳、腋毛、肚臍，男人的性器、睪丸、乳頭、陰毛。小白竟又再度勃起，就這樣，手槍就打了三次。

三點鐘的時候，窗外的路燈不知為何熄滅了，室內一片黑暗，小白豎起耳朵，傾聽屋內的聲音，萊德和男友睡了嗎？兩人是否還在做愛？小白凝神聽著，悉悉索索的聲音，好像是人的腳步，突然發現，這人就在他的房間裡。

小白尖叫，眼睛習慣了黑暗，發現真的有人在他床前，那人聽見小白的叫聲，摔在小白身上，兩人扭成一團，混亂中小白頭部被什麼東西重擊，之後就完全失去意識。

那一晚潛入小白房間的是小偷，而頭被打破的小白也不只是昏過去，頭部遭到重擊的小白當時，死了。

萊德聽到小白的叫聲，趕來小白房間，竊賊從萊德的眼前逃走，萊德倒是沒打算去追捕，萊德的男友也袖手旁觀，此時萊德才發現頭破血流的小白不醒人事，連忙叫救護車。在救護車上，醫護人員雖然進行急救，但小白的心跳卻無動靜。

一命嗚呼的小白肉體雖死亡，但靈魂出了竅，漂浮在自己身體上方的幽靈，向下俯視自己的肉身正被急救，萊德坐在旁邊，一臉癡呆。

小白感覺自己的靈魂像忍者一樣面向下貼在救護車頂，一會兒，在他自己也不知如何發生的情形下，他的靈魂又飛到了別的地方，好似瞬間移動，他來到學校操場，不一刻又出現在教室，他飛到一間房間，認出這是他出生時的醫院，但他覺得奇怪，因為他並不記得他的出生地。就像所有瀕死靈魂出竅的人的敘述的經驗，他也看見了光的通道，知道走向那裡他就真死了，不會再復活，電影裡圍繞在瀕死之人身邊的親屬或所愛之人的哭泣、哀求、想望能拉回被光所吸引的欲赴極樂世界的幽魂，但此時他的肉身身邊並無這樣的哀嚎跟渴望的心念，萊德簡直像個搞不清楚狀況的愣瓜。萊德希望他活過來嗎？萊德想跟他繼續生活在一起嗎？算了，他也嫌萊德煩，跟萊德相處教人頭痛。

這世界不值得活，想不出什麼理由留下。

無論是想做的事，掛心、在意的人、生活這件事本身的意義，都不存在，這不是悲觀，只是沒什麼說服力讓他回頭而已。

小白後來醒轉過來，然而復生的小白，總覺得自己少了什麼東西。到底是什麼呢？說不上來，小白總是說他的靈魂沒有回到軀體，但是靈魂沒回來的話，現在的小白是什麼？殭屍嗎？並不能說自認靈魂沒回來的小白變得如同行屍走肉，大抵看起來，小白很正常，智力沒什麼問題，反應算是還靈光，各種機能也健全，甚至可以說比死前好，之後的日子也過得比死前太平，只有小白自己覺得少了關鍵性的東西。

除非有一種標準清單，能列出人應有的所有要素，才能檢查核對少了什麼，問題是沒有這種清單，究竟什麼樣的東西少了叫做少了呢？我的意思是，有些人少了慈悲心，有些人少了想像力，有些人少了感動，有些人少了記憶力，但少了也就少了，那又怎樣？有些人少這個，有些人多那個，充其量只代表每個人不同而已，像萊德，萊德少了絕大部分普通人有的東西，但人還不就是抱持著這種「少」和「多」用自己的方式活著，有些人意識到自己的「少」和「多」，少的是自己想要卻沒有的，多的是自己不想要卻偏偏丟不掉的，但那終究也只是人普遍有的不滿足、不滿意罷了。

所謂的「少」，正確的說法只是「沒有」。好比說，沒有慈悲心，那也無不可，只是形成了一種較殘酷的人格特質。小白心中定義的「少」，是非得有、卻沒有的東西。你問我，我也不知道小白少了什麼，而我們能勉強查核出來的小白沒有的東西，是小白沒有性慾，也沒有性向。並非小白迷惑於他的性傾向，而是，小白沒有性傾向。

不過，這也沒什麼不好。雖然面臨同儕的壓力的時候，小白會急著用「那件事情」來當作盾牌，而「靈魂沒有回來」這件事小白也覺得非常困擾，因為自認靈魂沒有回來，總覺得現在的自己處於非常危險的狀態，似乎隨時可能像斷掉電源的機器癱瘓下來，變成不會動的鐵塊，但另一方面，縱使不知道「靈魂沒有回來」跟「沒有性慾」這件事有無關連，但沒有性慾和沒有性傾向既使小白不安，也讓他滿意，這符合他完美的純潔的境界之想像。

小白曾跟萊德提過這件事，回想起來他也覺得奇怪，為何他會跟萊德講？萊德總在一切事物的狀況外。

萊德很驚訝小白的想法，靈魂不是精神層面的玩意兒嗎？性慾不是肉體性的嗎？為什麼小白的靈魂離家出走，只留下身體，卻會沒有性慾呢？

萊德這麼問以後，就消失了，只留下一張字條說：「離家出走中。」

# 17

萊德不經意告訴小白閣樓的房間有兩個死人的事情。（什麼「不經意」啊？這種事照說不算茲事體大嗎？）

小白感到難以置信，這是當然了，何況出自萊德嘴裡。小白第一個反應是斥為無稽，萊德發誓她沒有說謊。萊德再怎麼怪胎，卻不是會編造謊言的人，而這麼嚴重的事情，萊德隨便的反應也像萊德的作風——啊！突然想到了，昨天看見死人了噢！聽起來好像忽然想起來昨天有看見青蛙一樣。

「很酷的事情吧？差點都忘掉了。」萊德說。

很酷是火山的口頭禪，萊德說這個詞過時了，很酷其實只不過是很平常的意思，火山說他就是那個意思。

「在哪裡？」小白不甚關心地接口。

「就在這間旅館裡啊！」萊德說。

稍晚，小白把這事告訴水電工，水電工自然也半信半疑。

投宿的旅館當天有命案發生，再也沒有比這更刺激的事了，僅次於自己住的房間之前死過人。

「我八歲的時候跟我媽走在馬路上，看到對面發生嚴重的車禍，我媽就把我的眼睛遮起來。我都八歲了，拜託，又不是幼稚園，又不是四十歲以下的女生。之後再沒碰到機會目睹橫死的人。」水電工面露遺憾說。

昨天並不感覺旅館有任何騷動，真有這樣驚人的事情發生，卻隱密不為人知，實在太邪惡了，水電工認為。這其中必有著謎團和陰謀。

「要報警嗎？」小白問。

「我們什麼都沒看見，報什麼警啊？」水電工說。

「現在該怎麼辦？」

雖然想說「干我什麼事」，但事實上卻好奇得很，與自己完全不相干，不關心也不想捲入的事，就如同別人家發生火災、不認識的夫妻打架，大家都愛看。

兩人便決定潛上閣樓探查。

旅館老闆不見蹤影，應是宿醉還在房中睡覺，旅館歐巴桑則在一樓打理日常事物，閣樓有兩個房間，一間是儲藏室，一間是客房，也就是那「陳屍現場」。

房間是上鎖的。

小白開始猜想，也許這是萊德的惡作劇，萊德雖然不會說謊，卻會很認真地異想天開；

雖然是個單純的人，但因為欠缺正常人的思考邏輯，所以普通人的道德觀念也付之闕如，已經成年了還會打五歲小孩的頭搶走他的零食，喜歡偷竊成癖，因為對世人眼中物件貴重或輕賤的價值概念錯亂，對偷竊的犯行輕重全無意識；該笑的時候哭，該哭的時候笑，並不是可信任的人。

水電工趴在地上，看看從門縫能瞧到什麼。

當然什麼也看不到。

那兩人是殉情自殺，還是遭他殺？如果是他殺，那麼凶手是誰？旅館老闆會不會是同謀幫凶呢？有無可能那凶手還在旅館裡？甚至就是旅館的房客？也許昨天萊德他們看到現場時，命案才發生沒多久，屍體還來不及處理，說不定經過這一夜，此刻屍體已經處理掉了？但也搞不好屍體還藏在旅館某處？就算旅館老闆不是幫凶，但他是否知情？

水電工唸唸有詞。

小白也問過萊德當時看到房間內的屍體，老闆到底是怎樣的表情？又說了什麼話？照道理說，一打開門見到那樣的光景，應該會驚駭莫名吧？如果反應很篤定，那麼就頗值得玩味，可是，即使根本就是幫凶，也有可能故意裝出誇張的反應……，然而對小白的提問，萊德卻只是一臉茫然。

「如果知道裡頭是凶殺現場，根本不可能帶房客去那裡吧？」小白曾問萊德。

「所以老闆才說『弄錯了』呀！」萊德說。她倒是記得老闆說了這句話。

小白覺得萊德說此話非常短路愚蠢，不過，事實上萊德對這句話有印象，事後證明萊德比小白或水電工這樣自認頭腦健全敏慧的人來得有直覺性的聰明。

門打不開，方才從外頭觀察，窗戶也沒有可靠近的地方，這麼一來，兩人也沒什麼更高明的點子。水電工提議密切觀察旅館老闆和其他的投宿客人，並且對旅館各處進行搜索，看看有什麼可疑的痕跡。

雖然這麼說，水電工腦子裡想的不是福爾摩斯探案，而是昨晚夢雲撫摸他下體的溫柔感覺，只要這一念頭浮上，他便心臟噗通噗通跳，身體一陣顫抖，不消說那話兒也站立起來，好在今天穿著寬鬆的褲子不至於壓迫難受，可是那突起的痕跡就變得很明顯。

「趁老闆外出的時候，破門而入怎麼樣？」水電工說。

「萬一裡頭什麼都沒有呢？」小白問。

萬一裡頭什麼都沒有，他倆不但會被當作隨便發洩暴力傾向的神經病，還要賠償損壞門的費用。

「你說，那屍體是一男一女的裸體？」水電工下意識地開口問。

「嗯。」

「不知身材如何。」

「誰會去想這種事啊？」

如果連想像裸體的女屍也感到興奮，那就有點變態了，水電工趕緊將腦中這念頭揮開。

# 18

小白和水電工剛下樓來，便聽到旅館老闆在大叫大嚷的聲音，起先以為是與客人發生爭執，或是下床氣之類的，後來才發現是在發酒瘋，一大早（事實上已日上三竿了）便醉醺醺地胡鬧，也真是奇觀。

話說老闆中午醒來，頭痛欲裂，他是被敲門聲吵醒的，有人在外頭用力拚命拍門，那個人就是萊德。

旅館老闆打開門，外頭站著萊德和火山，他對旅館內有這兩個投宿的客人毫無印象。萊德鑽進房間，嘻嘻笑著和老闆不著邊際地閒扯。人家說，解酒最好的方法就是再喝啊！萊德這麼說。

旅館老闆雖然愛喝悶酒，但喝醉了頂多也只是不醒人事罷了，像小白和水電工看到的這樣胡鬧——現下已跑到游泳池邊裸奔……不，已躺在草地上滾來滾去，再過不久就會昏過去，然後被太陽烤焦了吧！

這就是萊德曉以大義——人生不應總是受制於世俗的眼光，應順從當下的心意，自豪於壓抑和理性是沒有意義且不健康的，理性是人類的大敵，最好是不用頭腦、像夢遊般活著——的結果。

小白和水電工遇到萊德的時候，小白再次詢問關於旅館中發生命案的事情，在水電工面前，小白壯了膽子，「你是騙人的吧？根本沒有這回事。」小白瞪著萊德說。

萊德嘴角揚了揚，從口袋掏出一個東西舉起晃了兩下。

閣樓房間的鑰匙。

小白伸手要去拿鑰匙的時候，萊德抽回手，「租一次五百元。」萊德說。

「哪有這種不良之事！」小白愕然道。

「要租不租是你的選擇，這多少是難得的機會。」

「你這個人有沒有品德啊？」

「不要租也罷，又沒人強迫你。」萊德兩手插著口袋準備轉身離去。

「等一下！」水電工叫住萊德，「二百元如何？」

「四百。」

「三百。」

「成交。」

雖說出租鑰匙這種行為有品德上的可議，但為了看死人而花錢租鑰匙，品德也不遑多讓吧？可真是世風愈下道德淪喪啊！

「一人出一半。」水電工轉過臉對小白說。

「為什麼？我不做這種事。」小白搖頭。

「那你不要看。」

水電工和小白花錢得了鑰匙，立即奔上閣樓。

萊德與火山走出旅館，發動摩托車外出展開今日的旅遊，背包裡放著她的數位攝影機和筆記電腦。萊德喜歡錄影，昨天晚上沒拍到死人，心中頗覺遺憾，所以才灌醉旅館老闆，偷走鑰匙，跑到閣樓房間拍下影片。影片裡，死人當然是一動也不動啊，萊德繞著床轉了一圈不說，還爬上床拍了死人的臉，也順邊拍了房間其他的陳設。

至於小白和水電工，也在閣樓看到了想看的景象。隨後在旅館中，閣樓有死人的消息便傳開，「走漏」消息的不是別人，就是水電工，他將鑰匙轉租給爭相目睹命案現場的人，一次五百元，不接受討價還價，而對方也都掙扎了幾秒，心一橫只好以這個價錢租了。

「五百元？比看一場電影還貴。」

「電影是假的呀！那就當作看舞台劇吧！舞台劇的光華就是那表演當下的一瞬，是活生生的藝術。」

「什麼活生生，明明是死人。」

「所以說，死人比活人更真啊，活人要扮死人，那都是假的，電影也好，舞台劇也好，那死人都是活人的偽裝，真正的死才是活的藝術。看舞台劇少說還得花一千元。」

「看小劇場表演只要三百呀！那個房間頂多比美小劇場吧？」

「是真人，要我說幾次，是真人啊！」

# 19

人啊！若不過著有計畫的人生，就會感到焦慮，這是為什麼呢？不相信有神也不相信有道德的真理的科學家，認為宇宙所有的一切都是偶然，連哲學家也提出如此的見解，硬要追求、證明人生有其目的，是完全虛妄的事。那麼，相信所有的事物都只是機率，都只是偶然，無須花費心力去過日子，隨波逐流，才是生存之道吧？

就算是有因果，諸如吃了東西會拉屎，屁股挨了打會覺得痛，也不具有任何意義，充其量各種事物間的關係來自生物的本能、物質的定理，用不著抱著各種無謂的思慮。

但是，越是只相信機率和偶然，有時越是碰到巧合，雖說那種只有百萬、千萬分之一的微小機率發生的事，也有人會碰到，但只要碰到了，不得不嘆道：「為什麼？」此時又必須相信凡事背後有個理由、有個安排。

總之，巧合發生得比想像的多得多。

火山和萊德的旅行，基本上是在不做任何規劃的前提下。但就像鴿子一旦認得路，要麼就是照著已知的路線飛，要麼偏離，也是「選擇」了自己「認知」的「偏離的路線」，所以說，這世上只有徹底無知的人，才能毫無目的地活著吧！說什麼隨波逐流，根本是空話，已經知道自己走在什麼路上，何能裝作不認得？那拒絕去認，也只是做作。

話說回來，去想這些也是多餘。

火山和萊德停在果園旁，有個光頭的年輕人走在小路上，火山上前去搭訕，待一靠近，才意外發現是小學同學，叫做田光。

田光帶火山和萊德來到他家。

「你家住得真偏僻。」火山說。

「剛搬回來的時候也不習慣，可是現在覺得很好，反而受不了都市。」

火山與田光小學是很要好，國中和高中不同學，但一直仍有往來。

「都市是腐蝕人靈魂的地方，縱使人的理想性也許需要在那樣的地方實現，而躲在鄉間就被認為是逃避，是胸無大志，我不這麼想，居住在此清靜的地方，我感覺心靈非常豐富。」

「也沒電視啊？」

「壞了半年，覺得不修也沒關係。」

「也沒電腦吧？」

「電腦倒是有的，我雖追求心靈的層次，但並未反科技文明，我並不覺得兩者相衝突……那個傢伙在幹麼？」

田光說話的時候，萊德在旁用她的數位攝影機錄影。

「她是個怪胎，別理她，她喜歡東拍西拍。」

「你會放到youtube 上面嗎？」田光問。

看來田光與都市那腐蝕人的生活距離也沒有太遠。

田光帶著萊德與火山到附近鄰居家拜訪，位在田光家下一個山坡的房子，只住著老人，田光爺爺與另兩個老頭在那兒喝茶聊天，三人也加入。老人們談些老人病、風溼、天氣與下田、吃食的事情，以及兒孫們的話題。

老人說起一泰雅族神話，內容是有個懶女人不愛工作，掘地的時候老是不慎把鋤頭弄斷，有次又弄斷了，心中不爽快就把鋤頭往屁股一插，變成了長出尾巴的猴子。

「鋤頭插到屁眼裡？好激進的做法。不，可說是就地取材……」火山說。

「阿公今年已經九十一歲了。」田光說，指的是這位說故事的老人，並非自已的爺爺。

「身體看來真硬朗，現在還打手槍嗎？」萊德問。

老人並未被萊德的問題嚇住（吾人既已在世上活過九十一個年頭，可不是昨天才出生的），面不改色地點頭。

「真的假的？是吹牛吧？這種年紀應該打不起來了。」萊德說。

「誰說的？雖然不是每次都行，但十次也有一次成功。」

「這種事情口說無憑吧？」萊德瞇著眼睛笑說。此時，當然依舊用她的攝影機在進行拍攝。

「笨蛋，總不可能拍阿公打手槍吧？你這個變態！」田光說。

萊德一臉天真：「有什麼不行嗎？」

「一個人住是很辛苦的啊！」老人望著天空說。只要望著天空，說話的樣子就會顯得十分感慨。

雖然一個男人孤獨地活在世上，屋子裡連個女人也沒有，但生命是強韌的，只要有一顆不認輸的心，依然是可以不靠別人堅毅地活下去的。人的內心充滿各種慾望，只要是以生的姿態面對這人世，無論是身體或心理，都是充滿了各種想望、各種慾求的，或世俗而奢侈的，或微小而平淡的，哪怕只是想感受夏日偶爾拂過臉面的涼風；就是因為要面對這各種渴求，所以人生是艱辛的啊！就算再睿智、昇華，甚至槁木死灰的人，都是要應付每一分每一秒生之慾求，連眨眼、呼吸、五感之感觸，都是一種慾求。

但是，縱使沒有女人，還是可以打手槍啊！沒有人不能獨立地生存於世，只要還能打手槍的一天，孤獨地活著依舊是不足恐懼的……

「阿公行走做事都很靈活，一個人住完全沒問題。很了不起的，九十一歲還這麼健朗，自己照料生活。」田光一本正經地說。

一個老頭忽然說道：「人老了難免怕死，想活得越久越好，有一次我聽說增加夫妻情趣能延年益壽，回去就把醬油倒在大腿上叫我老婆來舔，她給我個衛生眼罵我老不羞，我就給她一巴掌，她也打我一耳光，我倆打來打去，雙雙掛彩。」

「人都想苟延殘喘嗎？我……」火山開口。

「什麼苟延殘喘？是好死不如賴活。」老頭說。

「那還不是一樣。」火山說。「我爸並沒有想繼續賴活，所以就自殺了。」

「那是臉皮薄，只有臉皮薄的人才自殺，臉皮薄的人這個也在意那個也在意，沒有事情不在意，那還有什麼事情會爽快啊？臉皮夠厚的話，天塌下來也無所謂呀，」說著捏捏火山的臉，「我看你臉皮挺厚的，不用擔心這個。」

火山說要上廁所，田光解釋老人因為獨居，在臥室旁邊蓋了廁所，是有抽水馬桶的。田光家就沒抽水馬桶，茅房建在屋子外。

火山起身走進廁所，與田光家浴室的格局差不多，還真有抽水馬桶。田光上完廁所，洗了手正要離開，發現馬桶旁放了一本裸女色情畫刊。

「原來阿公喜歡這一型？嘖嘖，眼光還不賴。」火山自言自語，坐在馬桶上津津有味地翻閱起來。

# 20

三、四點的時候，火山和萊德又跨上機車，田光帶他們去溪裡游泳。兩輛機車在山路奔馳，周遭是令人驚訝的美景，兩旁壯麗的杉樹、扁柏、紅檜灑下令人舒暢的林蔭，在高度增加當中的山路上，出現了紅檜。火山望著這美景，差點失神翻車。

依照田光指引，兩輛機車來到一個山澗，那裡有一個小瀑布，下頭是水潭，順溪流下。眼前的美景和純淨的水色令火山和萊德發出歡呼聲，三人脫了衣服僅著內褲下水，田光和火山從旁邊的岩石群小心地移入水中，萊德卻跑到石頭上打算躍下。

「那很危險，快點下來。」田光喊道。

「不要緊，處女膜早就破啦！」萊德說。

三個人游夠了泳，躺在岩石上休息。

「其實在這種地方的生活也不賴。」火山說。

「我不久就要結婚了。」田光說。

火山顯得驚訝。這就好像在最燦爛的年華結束自己的人生一樣啊！

「現在這個世界，到處充滿了仇恨、罪惡、暴行，人的生活太過於複雜，缺乏單純的情感關係。不重視家庭和婚姻觀念，女人都拖到老大不小還不嫁，或是未婚生子，男人到處劈腿，父母虐待和遺棄小孩，兒女不孝，人口高齡化，你不覺得很可怕嗎？」田光高聲說。

火山和萊德一起點頭。

「我不想被捲入那樣的世界，我要建立一個簡單安穩的家庭，我要成為世人的模範。」田光說。

「你躲在這個深山裡自己當模範生，城市裡的人不知道，沒辦法被你感動而群起效法。」火山說。

「那不重要，我也不是做給別人看的。我不在乎別人怎麼想。」

還不到落日時分，三人走在山間小徑，田光和火山閒聊，萊德走在前面。

火山望著萊德的短褲，「萊德，你那個來了噢！」

萊德停下腳步，扭過頭看自己的屁股。「啊！這個月提早了。」萊德說。

田光有點驚訝，呆了幾秒，臉紅了起來。田光不知萊德是女人，不過，現在發現了真相，他也沒說自己先前的誤解，他怕說了遭恥笑，連男人女人都分不出來。雖然萊德這種長相與身材（且不顧羞恥裸身游泳），不知其為女人根本是理所當然，但田光是老實人，為其搞錯萊德性別而感到丟臉，便一副無甚奇怪的模樣。

田光沉默了一會兒，低聲對火山說：「你和這不三不四的女人在一起，未免太自暴自棄。」

「什麼？」火山愣了一下。

火山和萊德雖然是旅行的伴侶，有著難兄難弟的交情，也有肉體關係，但不是男女朋友。對萊德，甚至說不上喜歡，如果下一分鐘就分道揚鑣，也不會有什麼難分難捨。不過，跟萊德在一起，覺得很輕鬆自在，說什麼做什麼都很盡興。

火山覺得田光的生活也不錯，火山跟田光一樣，是不介意其他人怎麼想而活著的人，據說田光要結婚的對象是親戚的朋友的女兒，雖然有點失禮，但想像中應該是平凡無聊的女人。不過，世人也許會將田光這樣的生活視為單調呆板、日復一日無趣而毫無變化，娶妻生子，說起來就好比阿姆斯壯登陸月球時，為何感到興奮呢？搞了半天月球也不過如此，應該從此對人生絕望吧？

但是火山是世界上任何事都不會讓他覺得無聊的人，每天做一樣的事也嚇不倒他。話雖如此，火山並不會每天做一樣的事情。

田光問火山這些年來在做什麼，現在又靠什麼為生，和萊德兩個人在幹麼，似乎不好說自己跟萊德是無業遊民吧？雖然本身不太在乎，也不以為恥，不過在一臉認真的田光面前，也不好照實講，於是，火山便回答他和萊德是「紀錄片工作者」。

火山和萊德認識幾個在拍紀錄片的人，說老實話，火山覺得他們和自己沒什麼不同，也不過就是到處胡混，興致一起看到什麼事便拿來大作文章。再說，萊德不是喜歡拍東西嗎？

雖說只是隨性拍的自己沒事拿出來看得呵呵傻笑的片段，看在他人眼裡，既無意義也說不上有趣，（大概只有旅館的死屍那一段稱得上特別吧？但是對沒有親身經歷的人而言，看起來也不過像是化妝假造的效果），然而，誰規定人活著所做的任何事都得向別人交代，都是為了給別人看，都是交由別人認定才具有價值呢？如果火山和萊德認為自己是「紀錄片工作者」，那就是「紀錄片工作者」嘛！這樣的邏輯應該算是無懈可擊才對。

太陽落山，天暗了下來，三人走在樹林小路，「啊，那個是螢火蟲。」火山說。

「抓到台北去賣，應該很值錢吧？都市的女生就吃這一套。」田光說。

田光抓住螢火蟲放在手上，萊德和火山盯著看。

「哇喔，這傢伙屁股很有電。」火山笑著說。

# 21

火山和萊德行駛在夜晚的山路，萊德的機車爆胎，兩人困在黑暗中，多虧有經過的人幫忙，兩人也因此借宿在一對經營果園的夫婦家中，整晚不停地被招待吃食，萊德樂不可支，火山也覺得因之體會了被農場豢養的動物的感覺。

屋主太太懷著身孕，以無比的幸福感熱絡地與萊德和火山談貝比的事情，此女之前多年生不出孩子，肚裡的雙胞胎乃得自人工受孕。

「現在的科技真無遠弗屆，在這麼偏僻的地方也可以人工受孕生小孩。」火山說。

「啊！對了，聽說科學家已經研究出讓男人懷孕生子的方法了。所以說，人類的打炮的行為以後跟生小孩的目就沒那麼被賦予直接的關係了吧？」萊德說。

較諸女主人肚子裡將要降生的孩子，院子裡那幾隻小貓的命運就悲慘多了，關在籠子裡的母貓與生下的四隻小貓多日沒有被餵食，小貓已經被啃咬得屍骨殘缺。所以說，生命降臨於這個人世，究竟是不是一值得祝福的喜悅呢？人表面上看來似乎活得比被關在籠中的貓自由，事實上相去也不遠啊！否則，人類又何需自相殘殺呢？火山與萊德當然不會想到這些，這兩人大致與人類可能發生的種種利益衝突難以產生瓜葛。

萊德蹲在院子裡吃西瓜，火山跑來說：「那個太太叫我聽她的肚子，我又不是她老公。不過我還是很認真地聽，萬一聽不到不就糟了！該不會就那麼巧這個時候死掉吧？好像是我們害的一樣。好在後來有聽到。」火山歪著頭想了想。「其實我也不確定，好像是有又好像是沒有，會不會我覺得有聽到，其實是我自己幻想？」

自居為「紀錄片工作者」後，和人打交道時少了之前未覺察原因出在哪兒的一種奇怪尷尬，倒出乎兩人意料。世人靠職業可被輕易理解，而不是基於任何人本身的素質，也真不可思議。火山發現無論說什麼做什麼都可用自己在進行紀錄片工作的前置作業、資料的蒐集跟採訪來當理由，甚至還會得到一種曖昧的歡迎。

至於到底要拍什麼題材的東西呢？火山望著天花板想了許久，說類似《練習曲》或是《海角七號》那樣，是要表達出在地美好的風土民情啊！

只不過，才說完他們理想的作品是要呈現台灣各地風景的特色、純樸的人心、人與人之間美妙的情感，萊德接著問的題目卻莫名其妙地變成「你會幫太太品玉嗎？」、「不能勃起的時候都用什麼理由辯解呢？」、「每次做愛變換幾種姿勢？」、「是否主動向丈夫求歡？」。在之後兩人的旅行中，始終進行著這樣的模式，也就是說，從《海角七號》演變成《金賽性學報告》。

我喜歡看女人穿泳裝，不管身材怎樣的女人，身上水淋淋的，感覺很好……從水裡爬起來的時候特別好看。……我特別喜歡腰粗的女人……朋友都說我很色。

從某一天起我老婆就宣布從此不再跟我做了……是哪一天呢？不知道，不是什麼特別的日子，也沒有發生什麼不尋常的事……。我也沒有找外面的女人……這個話題沒什麼好談的。……我偶爾看看A片……我沒有記那些演員的名字。

一個禮拜兩到三次？怎麼可能？生過兩個小孩以後，大概每個月一次。

大致是每天都做啦！但是也不一定，就像原則上每天都拉屎，可有時也拉不出來啊！

我嫁給現在的老公以後，才發現原來的老公的那個算是很大的，想想有點後悔。……不是說不應該跟他離婚，那個傢伙我已經受不了他了，真是個廢物。……但是以前做的時候都是隨便應付，實在是可惜。

我十三歲的時候偷窺到鄰居的大叔和一個女孩子做，大叔興奮得很，可是那女生卻面無表情，似乎不怎麼享受，真令人驚訝。……我想A片演的不怎麼實在，這真令人沮喪，我不知道這對我是不是好的影響，我的意思是，至少我第一次……那是我十七歲的時候，跟一個女同學，她的反應跟那女孩差不多，除了說「好痛好痛」就是一臉茫然的樣子，我就不覺得奇怪了。……我沒碰過像A片裡反應那麼激烈的女人……。我總是幾分鐘就做完了。

我老公把性病傳染給我，他說是從廁所傳染到的。

我強暴過女人，怕了吧？其實我弄不清楚，那個女人說她不要，但是誰知道她是不是真的不要呢？……我一直很困惑，我覺得這不算強暴。……女人很可怕，如果她很想，後來又說其實不想，你就變成強暴犯。

一過了四十歲，果然對那檔子事興趣很高……什麼？當然不是跟我老公。

我已經鎖定了我第一次的對象，不過他還沒注意到我。……他有女朋友了，這不是問題，我也不想跟他交往。

我和初戀情人是被硬生生拆散的啊！（落淚）實在太悲慘了。……至今我還是不時想起她的身影，她的屁股走起來晃動的樣子。

不知道為什麼，從來不會跟別人講的話，都對你說出來了，你真是有一種不可思議的魔力。……我有說過我最美好的經驗是在學校的操場嗎？說過啦？已經說了三次？

那個死鬼做起來真猛，本來只想跟他玩玩的，沒想到後來還是陷進去了。他跟前妻有三個孩子！是這樣沒有身價的男人啊！真討厭。我原本說跟他在一起只為的是肉體關係，那不全是實話，但要說肉體關係之外還有什麼呢？我也說不上來。……反正現在就是嚥不下這口氣。……我常問他跟他老婆做那檔子事有跟我做得爽嗎？想也知道他們沒怎麼做，但我就偏要問。

萊德的偷拍很隨便，常常根本沒拍到說話的人的臉。

「我覺得這樣很有趣呀！如果真的是拍紀錄片，會得到國際大獎！」萊德說。

「我也覺得挺不賴的。」火山說。「也許我們可以真的來拍紀錄片。」

「那個可以拿去賣嗎？」

「我不知道，不過紀錄片聽起來很高尚，不是嗎？很高尚的東西大概不能賣錢。」

「幸好我們不太高尚，所以我們應該來拍點賣錢的。」

兩人對此結語非常開心地哈哈傻笑，似乎很滿足的樣子，並未發現其實什麼結論都沒產生，到底拍什麼是賣錢的？兩人連想都沒想到這個問題。

「不知道旅館裡的那兩具屍體怎麼樣了？」火山說。

「屍體還能怎樣？到處跑嗎？」

「你不想知道發生了什麼事？」

「想啊！」

「我忘掉回旅館的路了。」

「我也是。」

「要回去嗎？碰碰運氣看吧？」

人生本來就是碰運氣嘛！雖說有人相信計畫和努力，只依靠碰運氣來過的人生似乎太過投機，但是，本來就不抱著期待，似乎也沒什麼好非議的了。勤勞的螞蟻和只貪圖眼前享受的蝴蝶的故事，大概只對螞蟻型的人有意義，蝴蝶還不是在地球上幾萬年來生存得好好的呢？

# 22

去看過那殉情的屍體後（K一廂情願認定那必然是殉情），K不禁感嘆人生如朝露。

夢雲聽到旅館有死人，一面說「好可怕！好可怕！」一面吵著要去看，K當然也非看不可，身為作家，這類經驗的採集是非常必須的。

夢雲宣稱不敢自己一個人去看（事實上是有小白和水電工擔任導遊的），堅持要K陪同，不過，水電工論人頭收費而非計次（其實也計次，看兩次要再收一次費用），因此K與夢雲同行，共計一千元，男士替其女伴付費是理所當然的，所以這一千元由K來出，K討價還價了半天，水電工同意以兩人同行一人半價的名目只收七百五十元。

唉！儘管先前發表了那番關於殉情的美學，歌詠在美的顛峰的瞬間死亡，但現在卻不禁傷懷，生命真是脆弱啊！之前還活蹦蹦的身體，在床上激喘做愛，轉眼就變成兩具瞪著死魚眼睛、皮膚慘白、發出惡臭的屍骸，如此怎不叫人哀懼死的殘酷跟恐怖呢？

這對男女活著的時候，想來為彼此的肉體癡狂吧？女子柔白滑嫩的肌膚必然讓男人垂涎，而男子毛孔粗大鮮明而粗糙的皮膚也讓女人想用舌頭去舔那上面的鹽味吧！女人那有彈性的小腹也必深深吸引著男人，更別說豐滿的乳房，碩大而充滿情慾的乳暈更是不能不令人神魂顛倒。兩人肢體糾纏，亢奮激烈地扭動，女人脖子和胸前的皮膚更因為體熱而泛紅，K的腦中浮出這想像的種種，都是他們變成此時如攤在肉鋪上的死豬肉般的屍體以前的景象，而那樣景象豈不就是肉體活著的證據？

正因此時面對的是那活的肉體的相對物，他才了悟了活的肉體是什麼，他自己一直——到目前為止，都是一具活的肉體，但卻沒有如此感受過。他不曾經歷自己的死，看見自己的屍體，無法創造出相對於自己的死的自己的生的想像，因此他對自己的生是缺乏意識的，這是指自己的生沒有立體出來，而沉在空虛之海中。

不，這麼說不夠明確，應該說他對自己的「生」一直是採取著錯誤的意識，因之所意識到的，不是真正的「生」。

在過去的生涯中，自己是個用腦證明自己的存在價值的人，篤信只有通過思想、通過由思想產生的創造，才是可貴的。一方面他就如古往今來藝術家陳腔濫調的姿態讚頌美麗的人、美麗的軀體，一方面他又鄙夷皮相之美的空洞膚淺。皮相的美終究會衰亡，只有智慧、思想、藝術能超越時間，皮相的美也只能靠藝術的形式得到不朽的生命。

這並非他用的是笛卡兒式的想法在意識自己的生，要說這有什麼哲學性，不如說只是偏見罷了，只不過是因為他與從肉體生活得到滿足與快樂無緣，過度憤世嫉俗，以及對自己的智慧與才情看得過高。他並不漠視或鄙夷缺乏見解和深度的人、不與這類的人來往或不交這樣的朋友，但也很清晰地覺知自己比那樣的人高等，這並非自負（多少還是自負），而是他所秉持的價值觀。

「生」這件事，不過是鼻子呼吸、張嘴吃飯、拉屎睡覺，使「生」具有價值的，還是思想，還是用思想來詮釋人所感知的一切。好比，對呼吸這件事有了一種思想，呼吸才躍出了高度，否則，那與死其實是無異的。一棵草是活的，一塊石頭是死的，但沒有什麼不同。

然而，這兩具裸屍卻衝擊了他原本的觀念，讓他產生了不同的思維。過去的他未曾真正體會「生」的奧妙，這奧妙並非來自於思想，而是它本身便是奧妙，未曾意識這奧妙的自己，面對死亡矗立在眼前，竟心有哀戚，就如呼吸著卻未洞見呼吸（他自己），跟喪失了呼吸（死人），兩者的並置，其所凸顯的差異，浮出了生命被他忽視的珍貴的部分。

若是過去他未嘗意識生的本質，那麼他等於沒有真正活過的，從今爾後，他要抱著去意識生的本質而活，他將正視自己的肉體的可貴……不，高貴，只要是人，都有一具高貴的肉體，這是不容否定的真理。

這番感觸聽來雖像是不凡的頓悟，但說穿了可能歸因於人性有窺淫與嗜血的癖性，就像看午夜場B級片一樣，搔著人內裡廉價的癢處，而搬到真實世界裡，一面驚駭，一面又有無以名之又不可告人的興奮，莫不是種刺激。而伴隨的惆悵，自然是出於自憐自己的肉體並未好好利用過，要說現在葛屁的話，遺憾的並非傳世之作尚未寫出來（人死了以後誰還管屁股後面那些寶貝垃圾有沒有人看呢？），不如說自己那話兒沒好好衝鋒陷陣讓女人讚不絕口過，沒騎在嬌豔而曼妙的女人的身體上面過。總之，如今他覺悟過去執迷於冠冕堂皇的東西，實在是件愚蠢的事。

俊美的人在臉蛋身材還沒腐垮之前死去也許還有點道理，但是像自己這種生來就其貌不揚的人，再怎麼早死也說不上保存了什麼美好，就算以老醜的姿態活下去，那又怎樣？以前聽那些條件劣等的男人吹噓自己四處獵豔的風流淫蕩，總是感到無聊、虛浮、醜陋而嫌惡，現在卻羨慕起來。

處在一種澎湃的激奮中，他抓起夢雲的手，以熱切的口吻說：「現在就回房間裡去做愛吧！」

要是以前，他才不敢厚顏無恥說這麼直接露骨的話，但是現在，誰還在乎什麼害臊！這就是感受了生之力量啊！K心中無比感動，原來自古騷人墨客歌詠的生命澎湃的活力，那世間的奇蹟、奧祕，如此悸動於萬事萬物活生生的奔放，就是這樣偉大、不可思議，他實實在在感受了那股波濤洶湧的力量，往前推動著他，就像乘著大海無能抵擋的浪潮前進，實在太讓人喜悅了！

至於在看了血淋淋的屍體慘狀以後卻突然性慾大發，在他人眼中，這種反應根本是變態的表現，他則想都沒想到。

夢雲甩開他的手說：「門兒都沒有。」

# 23

當初修教授的課，不能不否認出於虛榮之心，教授的名聲不僅只在本科系的領域，可說在整個學界受到相當的尊重，這是因為教授的研究成果在國際上也受認可。這門課是否修得過，本來不至於影響生死，誰知道弄到這樣悽慘的地步，小慢、水電工和小白是班上成績最爛的三人，其他下過功夫的老師，都隨便講幾句威脅的話便搞定了，而至於教授這裡，小慢心中打的算盤不只求得順利畢業而已，還想要教授替她寫出國留學的推薦信。

這至今還難以啟口。

隔壁房間傳來男女吵架的聲音，教授拿起桌上的玻璃杯，把開口貼在牆上，耳朵貼在杯底傾聽。

「以前有人告訴我，這樣可以偷聽隔壁房間的聲音聽得很清楚。」教授說。

「可是那間不是教授你的房間嗎？」

「說得也是。」

由於此舉既滑稽幼稚，同時有失身分，教授便轉移話題，問起小慢是否要重修系統演化學，或補修別的課。

小慢立刻抓緊機會，開始抱怨學校開列之課程設計的不周全，多數老師的講課內容無聊，不值得一聽，有個老師說話聽起來像牙齒漏風兼大舌頭，語調又娘，讓人聽了難受，要怎樣上下去？有的笑話冷，聽了倒彈。有的囉唆，老是重複幾個梗，讓人厭煩。加上自己又忙，分身乏術，要捧所有老師的場，礙難賓主盡歡。

教授聽了，沉吟了一會兒說：「許多人跟我抱怨現在的學生的種種惡行，就像服務業喊的『顧客至上』，現在學校高喊『學生至上』，不僅是在吊車尾的三流私立大學，連自詡菁英學校的大學也如此。我感到困惑的是，師道的存在，究竟是因為老師這個身分本有的重要性，還是依據每個老師個人的品質和表現？倘使是後者，那麼這社會應該不存在有身分這回事了，每個人都是靠自身的品質和能力來決定被對待的方式和態度，可這並非事實，也不可能是事實。不管怎樣，過去存在有不容置疑、不容挑釁的老師的威權。相形之下，你們現在真是幸福啊！……換言之，是老師的不幸。」教授說到此，自嘲地笑了笑。「我小的時候，老師永遠是對的，學生永遠是錯的，老師無論說什麼做什麼，都是不可質疑的、不可反駁的。對學生無論是命令、打罵，都是天經地義的，體罰完全不被視為錯誤的教學方法，因為被打耳光而導致耳膜破裂變成聾子的事情，根本不稀奇。有一次我經過訓導處門外，看見裡頭教官在打學生，是用很長的棍子在打學生的屁股，聲音大得嚇人，而且打個不停啊！那怎麼受得了，屁股不開花才怪，我看得膽顫心驚。」

「是穿著褲子打，還是脫了褲子打？」小慢問。

「當然是穿著褲子嘛！」教授說。

「我以為是光著屁股咧！」

「我聽說女校裡有男老師打女學生的屁股，是叫女生把裙子拉緊了，說是裙子才不會亂飛，不過，是為了凸顯屁股的形狀吧！」

「教授好色。」

「才不會。」

「教授也被打過？打哪兒？臉還是屁股？」

「都沒有。我讀的是前段班，班上都是學業優異的好學生，當然啦！在好學生裡頭也必然有當中的佼佼者跟落後的，但至少沒有逃學蹺課、搗亂不用功的學生，因此也沒有體罰這回事，頂多只有用尺打手心。我每次大小考必名列前茅，所以說，連被打手心的經驗都沒有。」

「教授這麼說，活像沒被打過手心有些遺憾似的。」

「因為沒嘗過滋味嘛！」

「世界上沒嘗過滋味的事情可多了，那您還沒給人灌水泥丟到海裡過，要試不？」

「話不能說得這麼簡單，人沒嘗過的事情，要說會想那滋味，分為兩種，一是自己嚮往的，好比說過豪奢的生活，開名貴跑車，坐擁美女，或如明星得到大獎，走到鎂光燈下接受眾人的讚嘆與崇羨，或如探險家挑戰極限所得到的刺激和滿足；另一種是自己不會去找來的，因為那並非享樂，相反的，那是受苦，是理性的狀態人會去避免的，好比說在驚險的危難中逃過一劫不死，那驚心動魄的滋味讓人難以平復，或者刻骨銘心愛過一場卻沒結果的悲痛至極；或者不能承受的失去，卻開啟了生命另一道門的啟發。在我以為，能夠去追求的體驗，不管那容不容易，達不達得到，只要是能讓人做些什麼企圖換取的，都不可能是刺激的，唯有內心深處渴望卻不能說也不能做，甚至要去逃避和否認的，才叫做令人真正嚮往去體驗的。」

小慢聽了一知半解，試圖挖掘自己內心深處有什麼渴望卻又否定的，但想不出來。如果是自己內心所逃避和否定的事物，那怎麼知道是什麼呢？就好像問你這裡有什麼，是能夠回答的，問你這裡沒有什麼，請問要如何回答？

「至於說到遺憾，人生當中，究竟有什麼事情是想品嘗，但沒經歷過的，因為沒有經歷過那樣的事物過了一生，似乎有所缺憾，換言之，如果可能，趁現在還活著的時候最好是非經歷不可？」教授說：「小慢你說說看，對你來說，是否存在那樣的事物？」

小慢聳聳肩，她才二十幾歲，現在去想「沒做什麼就死了會遺憾」，她是沒感覺的（尤其是她已經不是處女了）。「我不知道。」小慢老實說。

「你試著假想，如果你明天就死了呢？」

「我幹麼想我明天就死了？」小慢不耐煩地說：「假如我想跟布萊德・彼特睡，他也不會因為我明天就要死而答應吧？明天就要死而非得睡布萊德．彼特的人恐怕已經排很長了。」

如果明天就要死的話，才不在這裡跟你浪費時間，小慢心想。

的確，幻想自己明天會死，實在強人所難。

人啊，是既背負著過去，又背負著未來，同時扛著這兩個重擔活著的生物，說什麼只活在當下，是不可能的事。就說小慢吧！不為過去負責，也不管未來的話，現在最想做的事可能只是把她最近看上的芭莉絲．希爾頓也穿的那件比基尼泳衣買來吧！至於能不能畢業，去國外留學這些，誰還會去想呢？不，應該說，若真論只活眼下這一刻，身處在這荒山野地，這間破爛旅館，又能幹啥呢？說穿了無論選擇眼前做任何事，都是放棄了這件事以外的其他事，到頭來人的活在當下，只是一種逃避。

現在的小慢，對自己的人生所抱的態度，便是想要的東西最好都可以得到，不喜歡做的事懶得去做，未來嘛！最好能跟俊帥又有錢的男人交往，但因為她不是舊式呆笨沒見識的女人，只圖依靠男人就好，她也要有自己的事業、自己的名聲，眾人拜倒自己腳下，成就受到世人的尊崇，至於到底是怎樣的成就，如何做到，那不急於現在搞清楚，反正時間還長。

所以，思索教授說的這些問題，小慢覺得無聊，便問教授：「可您的意思，沒被打過手心也算是這樣的遺憾，打手心算什麼難以達成的體驗呢？」

「好問題。」教授以這口頭禪當發語詞，但表情並非空洞的場面話，而是深深贊同狀。

「少年時候的我，還未能做到心中想嘗試挨打的滋味便故意讓自己考低分的境界，一方面可能是自尊使然，一方面是當時也許尚未覺察這種微妙的慾望吧！」

「如果為了挨打而故意考低分，也太變態了。」小慢答。

教授彷彿被看穿般臉紅了起來。

小慢似乎不覺得這是什麼稱得上遺憾的事情，以玩笑的口吻道：「想嘗嘗被打手心的滋味，我打你兩下不就得了。」

「不過，我沒有帶尺來噢！」教授漫不經心地回答。

小慢四下看看，有無可取代尺的東西，諸如鞋拔、掃把之類的，但都沒有。

「那不然，試試看打屁股好了。」教授說。

小慢愣了一下。「教授要打我的屁股？」

教授露出羞赧的表情，搖晃著肩膀說：「是小慢打教授的屁股啦！」

不說「我」，而自稱「教授」，就像有些電台或購物頻道主持人在語句裡用自己的名字或暱稱來取替「我」這個字，效果近似用「人家」這個詞，聽著實在噁心，小慢覺得自己起了雞皮疙瘩。

雖然小慢也會用「人家」這個詞，刻意撒嬌，但自己說就可愛，別人說就噁心。

教授要小慢打他的屁股，小慢開始還以為自己聽錯，「什，什麼？」小慢一開口，還結巴起來，但馬上就慚愧於自己的反應太沒見識，打幾下屁股哪算什麼值得大驚小怪的事，便立刻做出若無其事的淡然表情。

「打手心沒尺，打屁股也沒棍子啊！既然沒有棍子，將就一點用手吧！我啊，手勁可大著，再不夠的話，用點腰力，不輸用棍子打。」小慢說。

教授本想回道「那樣怕不弄痛了你的手？」，但還是住了嘴沒說出來，反而認真地說：「那你等會兒可別手軟。」

小慢笑嘻嘻地說：「放心，我不會手下留情的。」

小慢本想問教授是要穿著褲子挨打呢，還是脫了褲子打，但還沒開口，教授已經解開了皮帶。

脫了褲子，教授用兩手護住下體，面色尷尬地問，現在該怎麼做，小慢要他跪在床邊地上，上身趴在床上，教授照著做。

「要開始囉！」小慢說罷，便啪地用手掌打在教授屁股上。

這一掌畢竟打得還是很輕，像在嬉弄，反而讓教授感覺羞辱，但他憋著沒抱怨，只叫小慢下手再重些。

小慢又拍了教授屁股一掌，隨著教授喊「再用力一點」小慢加了手勁打個沒停，既不像玩遊戲，也不像處罰人，倒像做苦工。房裡雖開了冷氣，兩個人都流起汗來。

「教授的屁股上全是紅印子啦！」小慢說。

不消說，教授那話兒勃起了，但沒讓小慢看到，教授仍用雙手摀著下體，慌忙跑到廁所去。

「累死人了。」小慢癱坐在床上，甩著灼熱的手。

小慢心想，教授八成在廁所裡手淫吧！這麼一想，突然覺得她對教授是毫無性慾的，方才看教授那白白的、鬆軟的屁股，感覺十分倒胃口，真要跟教授上床，恐怕幹不來。與其上床，不如打幾下屁股這樣的活兒，就像普通的勞力工作，感覺也比較踏實，總比出賣身體好，不覺嘆了口氣。

教授從浴室裡出來，用毛巾擦著臉說：「剛才的事，可別跟任何人說。」

「人家怎麼會說出去嘛！」小慢說。若要人不知，除非己莫為，小慢心想，越是道貌岸然的人，越愛做不可告人的事。

然而念頭一轉，這麼一來，手中豈不握有教授的把柄了嗎？要脅教授答應自己的要求，可說易如反掌了。不過，不急於現在就攤牌，最好等待更佳的時機，小慢露出笑容。

「對啦！你知道這旅館裡有死人的事？」小慢說。

「你是說，這間旅館曾經發生過命案？」教授問。

「不是曾經，是現在啦！」小慢說，繼而想，已經發生的事，算是過去式而非現在進行式了，所以也算是「曾經」吧！但是，「死」這件事有什麼現在式或現在進行式呢？難道說，「保持死的狀態」可以算「現在進行式」？但是死就是死，死也不會再是活，那麼死不是現在進行式，是永恆的進行式了。

「死得真慘啊！」小慢說。「不過，旅館的人怎不處理呢？說也奇怪，天氣這麼熱，那屍體放在那裡，臭歸臭，不像有腐壞。」

「你看到屍體了？」

「唉呀，你竟然不知道，全旅館就剩你沒看過了吧！」

「可我沒看到警察啊！」

「看來沒人報警，實在是人心冷漠。」小慢聳聳肩說。

# 24

氣象預報說有颱風要來襲，但言下之意不會造成多大的威脅。即便如此，有幾個客人已退房離開，現在旅館裡只剩下教授、作家K、酒女夢雲、大學生小慢、小白和水電工。

教授禁不住好奇，也向水電工租了鑰匙，跑到閣樓去看。

奇怪的是，房間裡沒半個人影，無論活的還是死的。教授苦笑搖搖頭，現在的年輕人真會惡作劇，他竟然還上當。不過，這惡作劇算是有創意，利用人性陰暗的好奇心啊！像這種事，受騙也不好意思怪別人吧！當教授把鑰匙還給水電工的時候，水電工眨著眼睛問教授「有沒有被嚇到啊？」，教授心中稍感受嘲諷而略有不悅，但並未表現出來。

「依您看，那是殉情還是他殺？」水電工又接著這麼一問，教授沒說話，搖著頭逕自走開。

本想揮開受愚弄的屈辱感，又為自己落入圈套感到羞愧，然而晚餐後行經大廳時，教授聽到坐在沙發上一男一女的對話中，「死人」和「命案」、「殉情」這樣的關鍵字卻飄入耳中。

這麼說來，那兩人也被戲弄了？這麼猜想，心中好過了些，也不自覺豎起耳朵偷聽他們的談話。教授假裝注意著外頭的景色（事實上落地窗外漆黑一片，什麼也沒有），以不經意的姿態接近那兩人。

「這事頂有蹊蹺，必有不簡單的內情，我聽說有房客報了警，電話卻撥不通。」坐在那兒的兩人正是夢雲與作家K，說話的是K。

「天哪！真可怕。」夢雲抖索著說。「我們該不會捲入了什麼陰謀中？」

作家K也陷入這樣的揣測，並且很快就進入驚悚電影橋段的想像，搞不好凡是那命案現場的目擊者都會被滅口。他很想把這推測說出來，但又怕嚇到夢雲，畢竟她是女人，可能無法負荷這樣恐怖的可能。

「該不會凡是那命案現場的目擊者都會被殺人滅口？」夢雲說。

「哪裡有這麼無聊的事。」作家K以輕蔑的口吻說，雖然自己也這麼想，但那畢竟只是恐怖故事的情節嘛！誰會認為現實中會發生呢，只有女人才這麼神經質。

「唉呀！早知道下午跟那些退房的人一起走了，留在這裡說不定過不了今晚哪！」夢雲說。

「是你自己說雨太大了不想冒雨回去的。」

「冒雨也比被殺好啊！」

「你怎知道那些離開的人是否半路已經遭殺害了呢？」

作家K這麼說，也是依循驚悚劇邏輯，但也只是嘲諷之意。夢雲聽了倒是嚇了一跳，畢竟，看那浸在血泊中的屍體，雖狀甚恐怖，卻與自己無關，景象再怎麼殘忍，都是別人，不認識的陌生人。人死總有個理由，病死、意外橫死、自殺、他殺，能怪誰呢？就是倒楣。可是發生在自己身上就不同了，如果不想死，就不該發生。

教授此時忍不住開了口：「請問，你們說的命案，是指在旅館裡發生的命案嗎？」

教授突如其來的插話讓夢雲驚得彈了一下。

「嚇死人啊！幹麼從人家背後冒出來，魂差點被你嚇掉。」夢雲說。

「真抱歉，我剛無意間聽到你們的談話……」

「什麼？你還沒去看過屍體？我以為全旅館的人都看過了。」

教授一聽真迷惑了。

「你是說那閣樓的房間嗎？」

「是啊！去跟水電工租鑰匙，看一次五百元。」

這倒奇怪了，教授心想。

「我去看過了，什麼都沒有啊！」

夢雲和K面面相覷。

「你確定你有看清楚？」K問。

「廢話，是兩個死人又不是兩隻死蚊子。」夢雲說。

「你什麼時候去看的？」K問。

「兩個小時前。」

「難道他們把屍體搬走了？」K說。

夢雲用力搖頭。

「不可能，一小時前我還去看過，兩個都還在那邊，跟上次看的時候一模一樣。」

K聽了頗訝異。「你又去看了？」

明明說自己膽小不敢單獨去，還要自己作陪，沒想到卻這麼又大言不慚地跑了去，實在瞧不起人，K心裡不是滋味。雖然有時要故作端莊矜持，但夢雲其實與普通歐巴桑型的女人無異，無論是天災、橫禍、丟炸彈、肝腦塗地都一定要去看，樂此不疲。

「閣樓只有一個房間，不會弄錯，如果這位先生在你之前去看過，裡頭是空的……」

「毫無命案的跡象。」教授補充。

「毫無命案的跡象，」K接著說，「可是之後你再去，卻還是如之前所見，屍體完全沒被動過，保持剛死的情狀，這實在不合理。」

「難不成他們把屍體搬走，又搬回來？」夢雲問。

「把染血的床單又重新鋪上嗎？」K說。

「總之，我沒騙人，我確實又看到了。我發誓。」

「我沒說你騙人。」

「我也真的什麼都沒看到，我發誓。」教授說。

此時水電工和小白來了，聽到二人的爭執，便詢問發生了什麼事，夢雲解釋了一遭，小白聽了，若有所思。

「怪不得，之前也有其他的住客說什麼都沒看見，抱怨要退錢。」小白說。

「你怎麼沒跟我說？」

「你不在的時候，有人跟我租鑰匙，因為我把錢退給他了，所以也沒告訴你。」

「笨蛋，他那是死奧客，就像硬說麵裡有蟑螂而不付帳一樣。」

「可是，我覺得他的樣子不像耍賴。之前我也懷疑過他是否說謊，但既然教授也這麼說，教授不可能說謊，那麼就一定是沒有看到。」

「那就怪了，為何有人看到，有人沒看到？而且在有人什麼都沒看到之後，又有人看到？」K疑惑地說。

「會不會聰明的人才看得到？」水電工說。

夢雲聽了輕拍了一下水電工的脖子啐道：「不正經！」

這動作令作家K看了也頗不悅。

「不如咱們一起再去看看？」K說。

水電工搖頭，「老闆睡醒了，已經把鑰匙偷放回他房間裡，被他發現鑰匙被偷就不好了。」

「什麼？鑰匙是偷來的？」教授驚訝說。

「不然你以為呢？」水電工說。

才這麼說，旅館老闆下樓來了。眾人不約而同閉了嘴。

宿醉一整天，兩眼無神，一張臉浮腫著，鬍渣都長了出來。眾人猶豫質問關於閣樓的屍體的事，然而，這麼一來就得承認有人偷了鑰匙，而其他人還花錢去租這個鑰匙，便難以啟齒。

然而，茲事體大，畢竟是命案，小小的偷竊與偷窺應該算不了什麼吧？

「天氣真悶熱。」教授忽然說。

「地球暖化的關係，夏天的溫度越來越高，每年都打破最高溫紀錄。」K說。

「我沒否定地球暖化的事實，不過這幾天的熱好像是颱風要來了的緣故。」教授說。

「在地球暖化的情形嚴重以前，颱風要來前夕也沒這麼熱。」K辯駁。

老闆呆滯了一會兒，才開口：「冷氣壞掉了嗎？」

「沒，沒有。」教授小聲說。

「我就說嘛，哪裡會熱。」老闆垂著眼睛說，他最討厭房客抱怨東抱怨西的。

當初為什麼要跑到這個狗不拉屎、鳥不生蛋，前不著村、後不著店的地方開間旅館呢？

他並不是梭羅，他不反社會，也不反文明，他也不崇尚自然，認真地說，他崇尚的是單純。

嗯，他自己點頭，崇尚簡單、崇尚單純這個說法很不錯。他十多年前就搬來此了，而直到現在簡單生活才成為人人掛在嘴上的口號，成為流行，他可是領先風潮啊！

所以說，他反的不是社會，反的不是文明，反的是社會的不單純、文明的不單純。當然，真相是逃避社會的不單純、文明的不單純。「反」是積極的，「逃避」是消極的，「反」是面對、對抗，「逃避」則只是視而不見，或者跑開；但是管他呢，縱使「逃避」聽起來比較遜，比較沒種，但姿態還是高的，他還是不屑社會與文明的……不單純。

何況，他可是拋棄了家人、朋友、工作，拋棄了之前擁有、建立的一切，雖然是逃避，但這可也算是毅然決然，也是一番難得的勇氣啊！他在三十歲那樣人生最顛峰的時刻放下所有，來到這空空如也的地方。

「老闆啊！我頭洗到一半，竟然沒有熱水了，這是怎麼回事啊？雖然說，這種熱天，冷水也不是不行，但是用冷水洗頭，第二天會頭痛哪！」

從背後傳來的小慢的聲音打斷了他的思緒。

老闆一回頭，小慢頭上包著毛巾，嬌軀也裹著浴巾，一臉不耐煩的表情說。

老闆還沒答話，小慢注意到眾人皆聚集在此，「你們都在這做什麼？」小慢驚訝道。

「沒事，聊天。」水電工說。

「在談閣樓的命案的事情啊！」夢雲小聲說。

小慢恍然大悟。「說的也是，這可是不得了的大事啊，早就想問老闆了。」小慢轉過臉對老闆不客氣地問：「怎會旅館裡還有死人啊？這實在也太亂來了嘛！竟然放任屍體不加以處理，影響整棟房屋的衛生。」

教授揮手想要制止小慢的發言，小慢置之不理，應該說，她沒明白有什麼不能說的。

「如果依照推理小說寫的，這屋裡的人都有嫌疑呀！應該通通不准離開，關在房子裡找出凶手是誰，那樣才好玩嘛！可是你瞧，好多人下午都大搖大擺地走了。」

「要問我的意見的話，維持現場不動是應該的，否則就破壞了線索，旅館方面不能擅自移動屍體和任何房間的物件，我本人實地勘查了兩次，確實有很多疑點值得推敲。不過，儘速報警才是應該的吧？」夢雲插嘴說。

「已經報警過了。」旅館老闆有氣無力地說。

「什麼？從昨天晚上到現在，已經過了多久了？竟然沒半個人來？果然外面聽的都是真的，台灣的警察辦事效率實在太差了。」夢雲說。

「不，不是昨天晚上報案的，十四年前就報案了。」老闆說。

「什麼？」

「旅館剛蓋好就報案了。」

「什麼意思？」

「那兩個傢伙，我說，那兩個死人，」老闆說，「旅館剛蓋好的時候就在那邊了。」

眾人互相對望一眼。這男人是不是頭腦不正常？

「不好意思，我也進去過那房間，但什麼都沒看到，我實在不清楚你們在說的到底是什麼景況，我可否再去看一次呢？」教授謹慎地開口。

於是，老闆帶領眾人上樓，打開閣樓房間的門。

教授一走進，「那，那，那……那是什麼？」教授瞪大了眼睛，手指著床的方向，倒退了幾步，結結巴巴地大喊。

「死人。」眾人面無表情不約而同地齊聲回答。

「你們怎麼都不感到驚駭？」教授問。

「一回生二回熟。」水電工答道。

# 25

這天晚上，旅館裡無一人闔眼的。

事情很明顯，那兩個死人不是別的，就是死人……，不，就是鬼魂！

「我活這麼大，第一次看見鬼，夭壽，真是驚人，原來世界上真的有鬼。」水電工說。

小白倒是反應很淡然，他本人死過一次，早就知道有鬼魂，他自己就當過鬼魂，此時甚至有終於為世人所了解的欣慰。

至於其他人，整夜睡不著覺的原因也不是害怕，而是過度亢奮。說不害怕也不盡然，基本上沒有人獨自睡一個房間，除了旅館老闆。小慢與教授同行，兩人事先心中都抱有曖昧的想法，只是裝模作樣，小慢表面上說與教授同行是要與教授切磋學術，這理由怎麼聽都擺明了虛假。但是，儘管暗地裡的想法理應是兩人同住一間，但真的住進旅館，又覺得應該各住一間才識大體。而真的各住一間，教授跑到小慢房間時，兩人又裝模作樣起來了，即使小慢打了教授光溜溜的屁股，也還是不改兩人關係清白，不作任何下流想法的姿態。於是小慢說她不害怕，可以自己獨自在房間過夜，但一整晚不是她跑到教授房間，就是教授跑到她房間，因為旅館有鬼，這樣跑來跑也變得理由充分。

教授食髓知味，希望這晚小慢再打他的屁股，甚至來點口味更重的，但自從得知旅館有鬼，又擔心缺乏隱私權，不論做什麼那對男女鬼都看得到，讓人深感不安，做這種只能私下偷偷摸摸、讓人知道丟臉到極點的事，即使在旁邊看的是鬼，還是怕被訕笑。小慢上廁所時，還東張西望，用裙子遮住陰部。

不過，忍耐了幾個小時，教授還是無法自制，被看到就被看到吧！有人觀看（其實是有鬼觀看），更有一番情趣。

這次教授甚至想出新的點子，讓小慢把他的雙手和跪著的雙腿膝蓋用皮帶綁在一起，這樣被打屁股，真是痛快得不得了。

至於水電工，和小白在房間裡實在無聊，平常每天要手淫二到三次，今天滿腦子想著夢雲的肉體，尤其那軟綿綿的大腿，性慾自然強烈，但反而憋著沒自瀆，心懸和夢雲翻雲覆雨的可能，還是先把戰力都儲備起來才好。

半夜水電工也以擔心夢雲害怕為由，三番兩次跑到夢雲房間敲門，令作家K非常不爽快。但事實上夢雲對K態度冷淡，兩人如冷戰夫妻，自從第一次看到屍體讓K起了一番人生應追求肉慾的滿足的覺醒，十分想實踐這樣的理念，無奈卻無對象，眼前擺著同床的女人，那話兒竟依舊無用武之地，嗚呼能說不悲慘嗎！

躺在床上輾轉反側，K忽然想到，這旅館中還有一個女人，就是女大學生小慢！

不如試試看向那個女孩下手好了，K這麼一想，便跳下床，跑到小慢門口敲門。

三更半夜，K不便大作聲響，但小慢似乎睡了，久未有人應門。K把耳朵靠在門上傾聽，裡面傳來奇怪的劈劈啪啪聲音。一會兒，還有女性的說話聲，和男人的哀嚎，像是吵架。

唉呀！該不會那對鬼魂男女出現了？K一心急，用力拍門大喊。不一會兒，門打開了，是教授，滿頭大汗，一張臉紅通通的，一面扣著褲腰皮帶。

「對不起，我以為……」K一見，便了悟方才房門裡面搞的不是男女間的那名堂還能有什麼別的。

「有什麼事？」三更半夜在女生閨房，已經啟人疑竇，自己這副狼狽德性，再怎麼認為不該隨便用污穢的眼光揣測他人行為任意下論斷的人，都看得出在幹麼，教授卻還是刻意裝作沒事，好像真能讓人以為是自己多心般，面露莊重的微笑說：「您那邊還好吧？這種時候，女人家必然都不敢獨處哪！」

K聽了，也露出禮貌的笑容說：「是啊！是啊！女人終歸是女人，在非常的時候，還是需要男人保護。眼下在這間旅館裡，我們男人可要負起安全的責任，我認為應該不時到處走動巡察一下。」

「您的行為真是讓人尊敬。」教授說。

「哪裡哪裡，應該的。」K說。

小慢這時走出來，見了K說：「原來是作家先生，水電工跟我說你很有名，文章寫得很好。」

「哪裡哪裡，過獎了。」K謙虛地說。

「沒過獎，又不是我說的。」小慢說。

看這情形，要把上這女生也不是容易的事，牙尖嘴利、自以為是的年輕人最討厭，縱使有漂亮的臉蛋和身材，也叫人退避三舍。不過，此一時非彼一時啊，現在的我可不是過去的我……。

對！自從來到這間旅館，看到了那對殉情的鬼魂，我已脫胎換骨了！難道不可能，那對鬼魂就是在召喚我，這個旅行，住進這間旅館，遇到此離奇的事件，一整個目的就是為了我一個人？就是為了引導我、啟發我？

普通人這麼想也許妄自尊大，但身為作家，全世界發生的事是為了我服務，這樣的想法是不為過的，世間所有事物的存在是為了成為我筆下的素材，而世間所有發生的事是為了豐富和更新我的思維，這是真真確確的啊！

K再偷偷瞅了教授幾眼，這個老傢伙不也跟這小騷貨有一腿？我比他還不如嗎？他若是可以，我又有什麼理由不可以？雖然這教授也有一番身分地位，我也不輸他啊！何況瞧他這模樣，他那玩意兒肯定也不會比我強到哪兒去，我看此女必然是水性楊花來者不拒，縱使擺出的架勢很難纏，也只是裝裝樣子，我就不信再下點功夫不能使她就範。不過，教授現在阻擋在此，當然時機不對，找別的機會再來試試。

K這麼想，便告辭，只說小慢若對文學有興趣，可以另找時間相談。小慢翻了翻白眼，懶得說她對文學有個狗屁興趣，只不耐煩地揮揮手像是趕蒼蠅那樣，懶洋洋地轉身走進房間裡。

這晚的上半夜，投宿旅館的這幾人就這麼相互敲其他人房門，到了下半夜，精神儘管仍警醒，肉體卻十分疲憊，便老老實實地待在自己房間。

隔日，眾人皆信誓旦旦說天亮之前見到了那兩個鬼魂。

水電工聲稱洗澡的時候電燈忽然熄滅，他坐在浴缸裡，有人給他搓背，他不敢回頭看，但他發誓女人柔軟的乳房碰到了他的背部。

小白則說他坐在桌前，亮著燈看書，一瞬間他發現自己已不在房間裡，而是躺在閣樓的床上，他的左邊躺著那男鬼，右邊躺著那女鬼，三人……噢不，三鬼（小白此時自居屬於鬼的那一邊）進入彼此冥想的境界，體會了宇宙的真理。

作家K說天快亮時他躺在床上，陽具突然挺立起來，變得非常碩大，他依稀見到若隱若現的女鬼在撫摸他的陽具，由於陽具不斷變大，他感到非常驚駭，如果大到像是A片裡大屌白人那樣的尺寸，倒還可以接受，可是繼續大下去那就是問題了，萬一大到無止境可怎麼得了，他焦急萬分，想大喊「停！」卻發不出聲音。

夢雲駁斥那是K作夢，但K堅持他沒有睡著，神智完全清醒，且眼睛可是睜著的，四周看得清清楚楚。

「我也沒睡著，我也可清醒著，我眼睛才睜著咧！從來到這旅館到現在，沒見過你那玩意兒大過。」夢雲哼說。

至於夢雲自己，曾起床到陽台吹風，夏日深夜戶外的氣溫是最宜人的，她趴在欄杆上，突然間，欄杆消失了，她差點跌落下去，然而此時男人攔腰抱住了她，就是那男鬼。那男人（當然是指男鬼）可是用新娘抱將她一擎起來抱進屋裡。

教授在大約凌晨四、五點時，坐在床上寫東西，聽見有人敲門，一開門是小慢，小慢走進房間，臉上帶著淫豔的笑容，張開嘴，舌頭不斷伸長，小慢的臉變成了女鬼的臉。教授沒說的是，女鬼的舌頭脫下他的褲子，像皮鞭般抽打他的屁股。

小慢則說她上廁所時見到男鬼在那裡撒尿。她也保留了部分沒說，事實上，小慢確實在四、五點時到教授的房間，只不過沒變成女鬼，只是因睡不著覺跟教授閒聊了一陣子，後來突然尿急，便進廁所去，誰知男鬼始終站在馬桶邊，小慢呼喊教授，教授卻沒聽見，鎖上的門竟然打不開，她只好拉上浴簾，在浴缸裡小便。

話說見鬼可不是容易的經驗，對有些天賦異秉之人而言，此乃家常便飯，但普通的麻瓜想看還看不到。也許這當中有人真的撞見那男鬼和女鬼，有人則是抱著輸人不輸陣的心理，把自己的幻夢之境加以渲染，誰知道呢？鬼魂這東西，就有如國王的新衣啊！（所以說，水電工之前的玩笑話，聰明人才看得見，不啻是個有道理的比喻，只不過「看得見」的未必是

「聰明人」。）

但就算是自己的幻覺，那感受是十分真實的，說到底，所謂的真假，定義又是什麼呢？這不就是莊周夢蝶的故事麼！

太陽升起，那魔魅的氣氛消散，然而每個人的身心都還籠罩著一種彷彿微醺的淡淡異樣感，大抵上類似栩栩如生的春夢殘遺的痕跡吧！

# 26

這日的白天，教授決定回母親家一趟，畢竟之前半夜不告而別，後來又沉迷打屁股遊戲而沒有回家，母親怕不擔心死了。水電工、小白和小慢則搭教授一程便車出遊。

作家K本想也帶夢雲出去兜風，沒想到夢雲堅持要與水電工一夥人同行，K一聽極為惱怒，但心想，他何不也加入，趁機接近小慢？於是兩部車同行，稍後教授脫隊，四人乘K的車遊山玩水。

這一路上K既心事重重，又欣喜莫名，那蔚藍的天讓他發出讚嘆，說了無數次這天空的顏色真美，藍到這樣的程度可真是少見，一路無論是蝴蝶、綠樹、爬在枯樹的菌類或是飛快跑過的蜥蜴、松鼠怪異的叫聲，都要讓他發一番嘆息呻吟。

雖然昨日眾人都有靈異經驗，但光天化日之下無人感到害怕，若說夜晚感染死的氣息，白晝就是生的示威，當K見到樹上交尾的昆蟲，想起自己早上半夢半醒間豎立的陽具，禁不住嘴角揚起微笑。此時有女大學生小慢同行，不知等會兒會發生什麼豔遇，自己那話兒啊，小歸小，還是很有勁滴。

呸呸呸！什麼小歸小，怎可講這種妄自菲薄的話，才一點都不小。

「你在那兒哇啦哇啦囉唆什麼？像個白癡。出發前上過廁所沒有？別又像來的時候一路要拉屎。」夢雲說。

「講話如此煞風景，不怪是黃臉婆，毫無情趣。」K回道。

小慢穿著領口開得低低的T恤，微露乳溝，真是令人垂涎。眾人在一段小坡行進時，這坡陡窄而周遭無可攀附的東西，底下的土又溼滑，小慢一踩個不穩，正踉蹌摔了下來，K攙扶住她，頓時兩人距離很近，K的臉差點要碰上小慢的臉。唉呀！方才那一剎那，差點接吻了咧！K發現自己的心臟猛跳起來，簡直就是重回青春期了嘛！

自己同老婆多久沒親嘴？和老婆同在一屋簷下生活那麼久，早就變成家人關係，男女之情煙消雲散，別說做愛感覺像近親相姦，連親嘴都讓人感到羞恥不潔。小慢的嘴唇跟老婆可說是雲泥之別，這是年輕女子柔軟的嘴唇啊！簡直就是棉花糖一般新鮮又純潔的嘴唇。

K問小慢摔倒了沒有，再次趨前靠近小慢，此時陡然發現，自己聞到小慢身上的體香。這可讓K吃了一驚，這就是年輕女子身上的氣味啊！他已經多久沒聞過這樣的年輕肉體的香氣了呢？

不，應該說，他從來就沒體會過這樣的香氣。這樣的香氣，是跟自己中年腐臭的身體對比的；男人一步入中年，身體就發出酸味，相形之下，潔淨、清新、充滿生命力的年輕身體散發的便是幼嫩美妙的芳香；雖然自己年輕的時候也抱過同齡的女孩，但那時的自己尚未腐敗，自己的身體也是散發飽滿的青春氣息的，因此不覺得同樣青春的女體有什麼特殊的氣味，直到如今，他才第一次嗅到如此的芳香。

此後，他便總是尾隨在小慢身後，亦步亦趨，停下歇息時，便找話與小慢相聊，說話的時候總是傾身靠近小慢。

眾人來到溪邊戲水，興奮地躍入水中，K自然期待看到出水芙蓉的小慢美妙的身姿，不幸小慢穿著襯墊厚厚的內衣，K不禁詛咒現代女性內衣製造商設計出來的這種軟式盔甲。

水電工喊夢雲下來玩水，夢雲拒絕，說她怕曬黑，在岸邊石頭上撐著陽傘坐著。夢雲戴著太陽眼鏡，頭上包著絲巾，短袖洋裝外還加了騎摩托車的人戴的那種長袖套。

K與大學生們在溪中戲水，感覺自己也回到青春時代，又跑又跳，盡情笑鬧，姿態非常幼稚。夢雲見了，終於忍不住也嚷著要下水，讓水電工背著她在水中到處走。

水電工兩手抱著夢雲的大腿，瞬時陽具便勃起。此時傳來夢雲的尖叫聲，水電工開玩笑要把夢雲丟到水裡，一時腳步不穩，真讓夢雲跌落水中，他把夢雲抱起，夢雲雙臂環住水電工的脖子，雙腿盤在水電工腰上，像小女孩般笑著。唉呀，水電工發現鼻血又流了出來。

此中只有小白有時露出深沉的表情，偶爾他眺望水面，看見女人的浮屍順著溪水往下漂流。

眾人游夠了水，上岸來歇息，K與小慢暢談文學，此時K見有隻蝴蝶棲息於岩上，黑色綴著白色斑點的翅膀緩緩一開一闔，頓時詩興大發，作短詩一首：

蝴蝶開闔的翅膀間，
芳香的空氣流過，
攜走那夏日的微香。
如溪水穿過丘壑，
如我俯首嗅聞少女敞開的兩腿間。

想想自己上一回作詩，那可是學生時代的事情哩！啊，多麼遙遠的回憶，屬於少年的時光。本以為詩這種東西是屬於青澀而狂傲的年紀的（K最討厭過了二十歲還在作詩的人），沒想到年過四十的自己還能再有這番雅興，不禁微微笑著搖頭。

小慢問他兀自在那曖昧地賊笑什麼，K羞人答答地說：「我剛為你作了首詩。」

「我？」小慢面露驚喜。

雖對詩這種事情毫不感興趣，但知名作家以自己為靈感創作了詩篇，未嘗不是虛榮之事。便要K把詩吟頌出來。

「不行，我會不好意思。」K說。

「說嘛！我不會笑你的。」

說出來搞不好就把對方給惹毛了，把自己當作變態而加以嫌棄，那可就壞了事，萬萬不能說，K心想。但一轉念，說不定對方就喜歡這種露骨的情調，時下的年輕女孩不都作風豪放，敢說敢做嗎？在男性面前毫不扭捏地大談性事，這種場面他可不是沒見過。

不不不！要謹慎，不可輕舉妄動，沒有確認十分的把握之前，還是別自作聰明的好。

至於夢雲和水電工，在另三人一不留意的時候雙雙不知消失到哪裡去了。

四、五點的時候，閃電大作，烏雲密布，隨時要落傾盆大雨的樣子，眾人趕在下雨前回到了旅館。教授則又是夜裡才脫身，這次母親不上當，堅持不睡，沒奈何，只好在給母親喝的水裡下藥，這藥其實是那兩個食客女人平常便準備著的，母親有時睡不著覺，脾氣暴躁，那兩個女人也是用下藥這招，教授偷看過，知道藥放在何處。

雨從傍晚開始下，到了深夜還沒停，不但沒停，雨勢甚至一直很猛，風也大了起來，呼呼號響。

凌晨一點時萊德和火山冒著大雨回來了。

# 27

這風雨大作的晚上，旅館裡沒有人睡覺，話說回來，就算沒鬧鬼亦風平雨靜，這些人平常也是夜貓子。因此凌晨一點時，眾人還坐在客廳裡全無就寢跡象。

「噢，大家都在等我們。」火山一進大廳愉快地說。

小白見萊德回來，略感驚喜，雖然是個傷腦筋的人物，但總歸是親人。

「那就是你姐？」小慢嘖嘖稱奇的模樣。

火山自我介紹是紀錄片工作者，作家K問兩人拍些怎樣的紀錄片，火山照例回答內容乃採訪本島風土民情，轉過臉對萊德咧嘴一笑，萊德也露出笑容。

旅館老闆帶兩人去房間，有人問道：「剛才說到哪兒了？」

「總之，還有一件事情是無法證明的，那就是兩個人的死亡時間是不是……」

我們有必要將時間倒退一點。

萊德與火山回來之前，眾人已進行了頗多談話，大約是從晚餐後開始，咱們現在就回頭看看他們說了些什麼。

「依我看警方辦案，一般而言凶殺……不管是自殺或者他殺……要破案首要問的就是，凶器是什麼、在哪裡？那兩人身上的傷，明顯是遭利刃之類的凶器所傷，大家在房間裡，可否看到凶器？」

「如果是他殺，凶器理當被凶手帶走了。」

「我想你們沒弄清楚，那並不是凶殺現場，那是兩個鬼魂。換言之，這地點是否是命案發生的第一現場？各位不管是看推理小說或電影，當中若陳屍地點並非第一現場，必然就會錯失重要線索。」

「這裡不是第一現場，哪裡是第一現場？」

「你問我，你該問那兩個傢伙。」

「是啊，咱在這兒討論，不如直接問他們。」

「他們若會說，早就說了，幹麼還在此裝神弄鬼。」

「不是裝神弄鬼，根本就是鬼。」

「還有，有些謀殺案中，死者是被下藥、勒斃，之後才丟到樓下，偽裝成跳樓，或者溺死的人加以火燒……」

「如果那兩人不是因刀刺之類而死，哪會有那麼多血？有誰能告訴我，已經被勒死或毒死的人，如果割掉喉嚨，會噴出血來嗎？」

「他們是鬼，也許愛弄成什麼樣子就弄成什麼樣子。」

「他們現身讓咱瞧見，是否就是有訊息告訴我們？」

「是啊，提醒你你那話兒太小，還作夢肖想變大。」

「是你慾求不滿還假作正經，告訴你別裝蒜了吧！」

「鬼魂作怪，莫不都是要讓人替它陳冤昭雪或完成遺願什麼的，我猜，那兩個鬼魂正是有事相求。」

「難道沒幫他們解決問題，我們還會走不出這旅館大門嗎？」

「別這麼說，能夠有幸與各位一同目睹這世間難得的景象，可說是緣分，吾人以為，能夠一同探討這鬼魂出沒的淵由，實屬不可多得的珍貴經驗。」

「我也這麼覺得，數日相處下來，大家好似一家人，特別親近。」

「唉噢，嘖嘖，真的是很親近哪！」

「好極了，各位顯然已達成了共識。」

「其實只因為閒著也是閒著，乏味，無事可做。」

「我閒暇時愛看推理小說，每次都一下子就猜出凶手是誰。」

「我啊是早慧，八歲就迷福爾摩斯探案。」

「福爾摩斯老土，是古代的人看的。」

「唉，你年紀太小，不懂那種古典斯文的風流，男人啊，不是粗勇得好，那有什麼情調？再說，看來文質彬彬的男人，脫了褲子也會是隻猛獸啊！哈哈哈！很多事不能只看表面，尺寸也不能只看大小。」

「要說大小啊，在座的男士可以比一比，我們女人家呢，轉過去不看，你們自己憑良心說說看誰叫做大，誰小還不認帳。」

「你怎麼就老是拘泥這個問題呢？」

「是你自己提起的啊！」

「請不要把話題岔到別的地方。」

「什麼叫做岔題？本來就沒什麼主題，有誰說一定要討論死人的事？」

「那女鬼還很年輕，長得也不賴，真是可惜。」

「不，正是在這最美好的時刻……好比說瑪麗蓮・夢露，若是雙頰雙乳下垂還活著，哪還能以性感女神之姿名流千古？而那張國榮嘛，還有戴安娜王妃，雖然死得稍晚，但尚且……」

「老狗變不出新把戲，又在老調重談。」

「誰說這是老調重談？於今我可是有了新的體悟，得到新的啟發，展開全新視野的人生，全拜這兩死人所賜……雖然一時半刻看不出我脫胎換骨之處，但的的確確，昨日之我已死，今日之我非昨日之我。」

「我還真看不出來。」

「這樣深奧的事情，你這樣無知的女人當然看不出來。」

不知為何，夢雲與K兩人非常懂得踩對方痛腳，或許這兩人其實最相知，不過，卻不相合。天底下有不少夫妻也是如此，水火不容，最知曉如何在對方傷口灑鹽，能做到此，還非有相當深入了解對方的功夫不可。所以說，最了解自己的人怎能稱作紅顏知己、靈魂伴侶呢？應說是仇人才對。

「您說得好，別人沒有共鳴，我有，我深深明白昨日之我已死的感受，然而，昨日之我真的死了嗎？這卻是個值得深究的問題……」

旅館老闆這麼說，但想來無人有興趣對此一值得深究的問題進行深究。

外頭狂風呼嘯的聲音聽起來頗嚇人，因為院子的遮雨板的材料的緣故，雨勢給人格外大的感受，偶爾風雨聲特別喧鬧時，眾人便會不由自主沉默下來。

「這番風強雨驟，真喚起我往事的回憶啊！」K說。

不管在場有沒有人對他這感嘆搭理，K逕自開始回味敘述。

「我大一升大二的時候……那時我還沒交過女朋友，我們那個年代的人很晚熟啦！二十歲還是處男是很尋常的事情，班上的同學，哪個不是處男？縱使不是，也不會當真炫耀，大家都是故弄玄虛，裝作一副飽經世事的樣子，可又講不出個所以然……唉，我離題了。話說，我因得到學校的文學獎，受到同樣喜愛文藝的同學們注意，加上我在報紙發表文章，可說在學校裡小小有些風光，在當時，學校有一女生可堪跟我匹敵，該女姿容不俗，可說是才貌雙全啊！就這樣，我倆在無實質往來之時，早已惺惺相惜。」

這個，其實是你自己想太多了吧！

「在別人眼中，我倆怕不是金童玉女、天作之合吧！我與她皆是學校裡表現優異的學生、系上的幹部，甚至於，各自在社團裡也是出類拔萃……」

K參加的是合唱團，他倒是很勤跑社團練唱，但只因為合唱團女生多。合唱團女生多是多，但都是些唱詩班傳福音型的鬼見愁，而K唱歌時從來都只是混在裡頭對嘴，反正也沒人會發現。

眼見眾人開始相繼打呵欠，「總之，我長話短說……本想解釋我為何不採取追求行動，那是因為我並不想大家都以為我倆該在一起，就順水推舟……」

「你說『本來想解釋』，那就表示你本想解釋但結果沒有解釋，可是你還是在解釋嘛！」水電工說。

「唉呀，不解釋你們怎知當中緣由呢？反正，我雖沒有採取任何行動，但內心已把我倆視為一對，看在別人眼裡我倆也是一對，在她的心中，也早已和我是一對。」

「聽起來你們兩個根本沒有來往嘛！」

「沒來往但心有靈犀啊，就是表面誰都沒說破，但彼此內心清楚得很，唉，層次這麼高的事情很難言喻啦！」

「好吧，隨你怎麼說。」

「我參加的社團裡，有個女生處心積慮想勾引我，不過當時的我並不明白，因為那時候的我單純如一張白紙啊！我對於此女的一言一行都是想博得我的注意、接近我、和我建立更進一步的關係，絲毫沒有覺察，你們聽了恐怕要說我真是個呆瓜吧！」

不，才沒人這麼想，誰曉得那女生是否處心積慮勾引你，該不會全是你自往臉上貼金吧？還說什麼純真一如白紙，明明就是滿肚子歪想。

「有一天，這女生告訴我，那位美女……也就是我先前說的和我的關係尚未浮出水面，但可說已與冰山般牢固……」

「聽說北極的冰山已經融化了大半，北極熊都因此死翹翹，冰山根本一點都不牢固。」小慢說。

「如果是結冰的話，那不就是冷到冰點嗎？哈哈哈……噢，聽起來是個冷笑話。」水電工說。

K對水電工輕浮的態度感到十分不悅，這傢伙先前不是表現得像是我的崇拜者？此時竟如此失禮！

「我快說完了，別打斷我的話，總之，她說那位美女和一位學長暗通款曲，甚至已經發生了肉體關係。我一聽，既震驚也震怒，各位試著想想戴綠帽的感覺，任何男人都消受不起，我心想，發生這種事，就算她回頭求我原諒，我也難保真不計較，誰知我和她親熱時不會想到她已經和別人有了一腿呢？那實在是讓人無法忍受，她竟然已經不是處女……好好好，我知道你們的感覺，我已說了，當時我還是一張白紙嘛！那個年頭的人是有處女情結的，現在的我當然也明白那很無稽，我再強調一次，我現在不計較囉！不是處女也沒關係，有性經驗的女孩更好，相處更輕鬆，更有情趣。」

「對不起，文豪先生，您要說的重點到底是？」

「重點就是，直到今日，我仍不知道真相，社團的女同學跑來爆的小道消息，誰知是不是她為離間我和那女孩而編造的？而我就這樣和她錯失了情緣，如今只要逢風狂雨急的日子……啊，對了，剛才忘記說了，我得知這消息的日子，就是一個風雨大作的下午，我有一股衝動要跑進那滂沱大雨中……」

「但是沒有跑進去。」

「因為我怕感冒，那時我體虛，我年輕的時候不是很健壯……唉，不要老是打斷我的話。那天我望著窗外淒厲的風雨，心想，爾後每當風雨大作的時日，必然會喚起我這悲切的記憶。」

K接著想到，自己的老婆當年本堅持婚前保持處女身，後來卻跟男人私自跑去做愛，這難道是女人的本性？然而，就算有學者專家站出來證明，女人本性真是如此，那也只說明了女人的抽象本性，而非女人的實際具體行為。

真相啊真相，K說至今仍不知事情的真相，而說到真相，別說K不知道那實情是如何，在座的每一位，也不知道K說的又是否是實情呢？K可能說謊，也可能K自認說的是事實，然而來龍去脈根本不是這麼一回事。

光聽K的片面之詞，能了解事情多少真正的面向？社團女同學的說詞，又有多少可信度呢？說來說去，什麼是真相呢？小白沉思，緩緩抬起頭道：「也許這兩個鬼魂就是要我們找出關於他們的死亡的真相？」

# 28

「由於是十幾年前的案件，早已沒有留下任何實體痕跡，因此，類似採集指紋、腳印，或是追查凶器、驗屍這些，都是辦不到的，甭說驗DNA，CSI犯罪檔案、神探伽利略那套，都派不上用場。但是……」K說著，用食指敲了敲自己的腦殼，「沒人說咱不能動動這小小的灰色腦細胞。福爾摩斯的真實身分是誰呢？是柯南．道爾，是作家。最高明的犯案與破案手法不是李昌鈺這樣現實裡的神探想出來的，是作家想出來的，那麼，我們為何不可以在此扮演柯南．道爾的角色呢？柯南．道爾不解剖屍體，不到處找毛線團和體毛，他只坐在書桌前，拿著一枝筆。」

「我不太懂你的意思，你是說要把這命案當作你的小說題材嗎？」水電工問。

「請不要誤會，雖說，沒錯，在座只有我是作家的身分，但想像力是每個人都有的。當然啦！高下總有點差別……我的意思是，咱們一同腦力激盪，拼湊出這整件事完整的圖案，過程中抽絲剝繭，也許真有可能解開謎團，還原真相。」

「這該如何進行？」教授問。

「每個人依據自身的推測做出研判，各自說出自己認為可能的版本，加以組合。」K說。「也可以用接龍的方式，一面說一面想。」

「這點子不錯，在這暴風雨又鬼影幢幢的夜晚，也是不錯的消遣。」教授說。

「好極了，那麼便由我來開始吧！」K說。

「且慢，應該先由托馬司先生先說才對吧？」教授說。

「托馬司先生」指的是旅館老闆，雖然叫做「托馬司」，但當然不是洋人，連留學也只在英國讀過一年而已，本國人習於以英文名字相稱，托馬司的朋友們叫他Thomas，不過因為把自己的公司名稱叫做「托馬司」，所以後來就被叫做托馬司這個中譯名。事實上，十五年前托馬司來此地過新生活，改了名字叫「大樹」，可有時候被問起名字，就是說不出「大樹」來，舌頭硬要說托馬司三個字不可。托馬司心想，像我這種人，就是骨子裡老實得沒辦法，連改個名字都說不出口，所謂的大丈夫行不改名，坐不改姓，就是這個意思啊！

因之，尚未開口，托馬司先嘆了口氣。

這倒讓人想到，無論任何時候看到托馬司，都是一副愁眉苦臉的樣子。

「首先，我得說說當初我來此開設旅館的經過。」托馬司說。

眾人頷首。也對，托馬司的旅館剛建築好，房間就有了死人，怎沒人想到，死靈現身是跟托馬司有某種關係的，必可提供至關重要的線索。

「我呢，是放棄了原本擁有的一切，來到此地。我有很好的工作，有房子、車子，有家人、朋友，和未婚妻……，不，不要叫我說出我的過往，我能告訴各位的就是，我放棄了那一切，隱姓埋名於此偏遠山林。當初是什麼使我做出這樣重大的決定的？至今我仍佩服我的勇氣；據我所知，一般常人都做不到我這樣的境界。雖然你們看到很多類似我這樣的人跑到鄉下種地或者開民宿什麼的，但那心境是不同的，他們心中還抱有與從前並無二致的追求，什麼追求呢？這難以言喻，然而，那就是某種生命的目的吧？但我不一樣，我追求的是拋棄。」

說到此，托馬司便停頓住，一臉呆滯，差不多有兩分鐘，眾人等待陷入沉思的托馬司再度開口，不過，晚餐後又喝了一肚子酒的托馬司，此時其實已是茫然狀態。

「我想請教托馬司先生，您第一次見到那兩具屍體的經過。」教授禮貌地問。

托馬司「啊！」的一聲，回過神。

「房子剛完工的時候，當然是十分欣喜的。我一直嚮往有一座屬於自己的城堡，您知道的，這說法既是具體的，也是抽象的。我不是說我要當一個城堡的堡主，當個自己私有領地的國王什麼的，我說的是那種與世隔絕，完全處於自我的世界裡。我是個建築師，但我並未想蓋一座怎樣符合、滿足我內心嚮往、想像、創造的超凡不俗的房子，只要是一個普普通通、居住方便的建築就好，而且房間要多，這是我從很小就有的夢想，可說，我是因此而當上建築師的。

「實不相瞞，等你把這樣的夢想實現以後，是非常迷惑的，這就是我要的，屬於我一個人的世界嗎？我感到納悶，當然，最困窘的是，我感到孤獨。我一直想要孤獨，此時我卻不得不硬著頭皮承認，這並非什麼深奧的問題，世人討論那些什麼孤獨跟孤單的不同，根本是無聊，再怎麼高超的人格內，都有一部分是俗物……。

「您若問我為何要開旅館，我既避世於此，怎還會做這送往迎來的生意呢？我剛說了，人哪！是座孤島，我這房子也是座魯賓遜的孤島，人來了總會走，你也知道他總會走，才放心他來，就是這樣……。

「那兩個鬼，噢，對了，我們是在談他倆的話題，我剛就一直想不起來原本是在談什麼，我這腦子啊，現在有如置身迷霧森林，嘿嘿嘿，像隻黑猩猩……不，這算不上好笑話……，說哪兒去了，對噢，那兩個鬼，那兩個鬼也是座孤島，您說嘛！誰上得去他倆的孤島？除非也是死人，哈哈哈……。」

「托馬司先生，您第一次見到那兩具屍體，也不知道那是鬼魂吧？一定也以為那是活生生的屍體……」教授說著笑起來。「噢，我的意思是，真正的屍體……」

小慢忽然打斷：「有誰摸過那兩具屍體的？」

眾人搖頭，只一個人例外。

「我。」夢雲說。

「我還是小女孩的時候，有天在公車上，坐在我旁邊的男人對我上下其手，突然心臟病發作蹺了辮子，我當時不知他死了，他倒在我身上，害我誤了應該下車的車站，我還被警察叫去問話。總之，死人我不是沒碰過，摸兩下有什麼關係？」

「我當然也摸過啦！」托馬司說：「發現那兩具屍體的時候，我打算把他們埋到樹林裡去。事實上，我真這麼幹了，反正呢？這兒什麼人也沒有，我時間又多，閒著也是無聊，我啊！就到樹林裡去挖洞，把那兩屍拖去埋。好在那時候是秋天，氣溫最是宜人，要是像現在這樣的季節，我可不愛幹這汗流浹背的活兒。冬天又太冷，我挖不動土。您別看我模樣算是魁梧，我身子骨不精實，體弱多病，不能做太粗重的工程。」

「什麼？您曾把他倆拖到樹林埋了？」

「是啊！洞挖得是不深，我說過了，我這人幹不了太粗重的活兒，我挖那洞啊，天可憐見挖了多久，哪挖得了像個墳坑那麼深呀！我就只挖個三十公分，已經極限了。把那兩人丟進去，不像丟進坑裡，好像只是躺在稍低一點的地面罷了，真叫人洩氣，我管不了，多覆點土，用力踩實了就是了，反正在土裡頭自然會腐化，大自然自有其生生不息嘛！」

「然後，您回旅館裡，瞧見他倆又回到老地方了？」教授問。

托馬司先生點頭。

「我啊，各位知道的，每晚總要喝上兩杯，以前不似現在喝這麼多，但我容易醉，所以呢，我還以為是自己喝醉，要麼就是看花眼，要麼就是我根本沒埋那兩人，全是我做白日夢。所以我又在房間裡看到那兩屍體，並不驚駭，只是一片茫然疑惑。」

「類似的劇情我在電影裡看過。」水電工說。

「是啊，這種題材不稀奇，畢竟，殺人埋屍者，都會心虛，發生幻覺是理所當然的，犯下滔天大罪後，心中總會驚恐忐忑，希望那不是真的，埋了屍體，湮滅證據，以為神不知鬼不覺，但內心必有不安，深怕形跡敗露，於是滅屍沒有成功的幻想便自然一再發生。」K說。

「您這是暗示，那兩人是托馬司先生所殺害？」水電工問。

「我沒這麼說。」K說。

「依我看，托馬司在之前與這二人有過節，也許夾雜情感和工作上的糾紛，殺害了這二人，也或許是誤殺，於是便逃到此處掩人耳目。這樣推想，托馬司說的放棄原有的一切……尤其他又再三強調原本的生活在普通人看來是非常美滿的，他卻毅然決然割捨，同時又迴避去談那理由，這樣解釋便合理了。然而，托馬司沒想到那兩個鬼魂卻跟著他來到此地，逼他出面投案。」水電工說，對自己的推理能力不乏自豪的態度。

「我才沒殺那兩人，你這信口雌黃的小癟三！我要告你毀謗。」托馬司跳起來指著水電工罵道。

「我只是依照K先生所暗示的加以推論罷了，是K先生叫我們動動灰色腦細胞，抽絲剝繭的嘛！」

K出面打圓場：「水電工的推理不無道理，但邏輯說得通的事情不盡然就是真相，當然事情還有別的可能，我們要盡量朝各種不同的角度去推想，無論是合理的或者不合理的，都可以提出來，有時候真相就是看起來最不合理的那個。」

「我沒殺人，這個版本不成立，誰敢再提這個推論我就翻臉。」托馬司說。「咱們現在討論這事，彼此若不信任，也甭談下去了。」

「怪可惜的，這個版本我喜歡，夠有趣。推理故事裡，凶手總是要在我們之中的嘛！」

小慢說。她瞄了托馬司一眼，聳聳肩揮著兩手掌說：「也罷，隨你唄，不提這版本就是了。」

# 29

「我依然不明白，人不是你殺的，你發現屍體的時候，為何不報警，卻是自行將他們埋掉？你擔心的是影響旅館的生意嗎？但聽你先前所言，又不像會作這方面的考慮。」

「人不是我殺的，我又不在乎是誰殺的，幹麼要報警？」托馬司以理所當然的語氣說。「我不歡迎警察來此晃蕩，在這樣的荒山野地，警察是不被需要存在的人。」

「這觀點好，『警察是不被需要存在的人』是個好概念，能夠引用這句話的境地是某種社會、某種生活型態的象徵，K先生或許能以此為題寫一本書呢！」教授說。

不過，K雖然自視菁英，擁有不凡的思考能力，但在現實層面的生活是非常典型的中產，可說甚至是傳統的俗物，高談闊論是一回事，過日子是一回事。在現實生活裡，K覺得發生事故不報警交由警察處理是極為不正義、不守法，不可接受的事情。只是沒人有此反應，他也就不提了。

「有件事情始終令我疑惑，」始終沉默的小白終於開口，「托馬司先生發現的屍體，並不是真的屍體，而已經是鬼魂的伎倆，那麼，真正的死亡時間必然在托馬司蓋好房子之前，那到底是什麼時候呢？真正的地點又是在哪裡？托馬司先生有否聽說過關於這起命案的消息？對了，這塊地在托馬司先生蓋旅館之前，又是屬於誰，做什麼用的呢？」

「據我所知這裡大部分山林都屬於同一個人，此人擁有的土地不只是這兒，還有別的地方多處。」托馬司回答。「不過這塊地不值錢，根本沒人要買，賣也賣不掉，我用很便宜的價錢買下來的。此處原來有棟房子，那房子是誰蓋的，做什麼用處，我不清楚。不過在我之前，那房子裡住的是個畫家，是承租的，與妻子、小孩同住，後來病死。我來此時那房子空著相當時間了。」

「那兩人會是畫家和他老婆嗎？」水電工問。「或者畫家和他外頭的女人？」

「不，我認識那畫家，雖不熟，但有點來往，就是因為他，我才知有這麼處地方。」

「那麼，這十數年來，您可曾揣測過那兩鬼的來龍去脈？或者他倆給過您什麼訊息？」K說。故作文雅時，他就會用「您」這樣的敬語。

托馬司的眼神頓時望向遠方，彷彿被喚起某個深邃的思慮，當然這也只不過是他又陷入茫然的跡象。

「與其將您的想法放在心裡，不如說出來讓大家聽聽，您也就不必獨個兒去面對這糾纏人的謎團了。不管您的猜想對不對，說出來也是個參考，不啻是拋磚引玉。」K說出口後才覺察「拋磚引玉」這詞用得不妥，不過，也沒人在意。

「既然作家先生這麼提了，我就來說說我所想的版本吧！」托馬司說，一本正經地咳了兩聲。

「我不懂推理，也不是神探，也許我說的不盡合理，各位覺得不足採信，那也就只好請見諒了……」

「您不必去管什麼合理不合理、能不能採信，您不需要說服我們，您只要把您所想的說出來就好了。」K說。

「我不就在說了嗎？你不要任意插嘴，我精神很不容易集中，你打斷我我就不知剛是要說啥了。」

「對不起，您請繼續說。」

「真是的……對啊，剛說到哪？」

「什麼都還沒說。」

「噢，怪不得我說怎腦子一片空白。」托馬司說著，開始醞釀情緒，眼神又再度望向沒有焦點的遠方。

「那兩人，肯定是為了躲避什麼而來到此處。雖然無法斷定他們死亡的確實地點，但必然在這附近。此地人煙稀少，幾乎無人往來，他們到這個地方做什麼？就是不想被發現。或許他們遭人追殺，逃到此地，發現走投無路……人不到窮途末路、無法可想、萬事具休的時候，總是還抱著一線希望，期待絕處逢生。是懷抱著躲藏到此處，便可以活下去的渴望啊！」托馬司說到此作泫然欲泣狀。

「而這幻想終將破滅，無論追捕他們的是什麼，那是無法擺脫的，無論到哪裡，都逃不出魔掌。世界之大，卻無容身之地，這實在太可悲了，各位難道不覺得這實在太淒涼了嗎？」

「他們遭追殺這見解頗值得採納，否則怎會陳屍這荒郊野外，這推論有道理。」教授說。

「他們是遭什麼人追殺？黑道嗎？也許是那男的染指老大的女人。」水電工說。

「或是欠下鉅款遭討債。」夢雲說。

「我也同意這躲逃的觀點，不過，我個人感受了更大的啟發。」K說。「有關於追趕、追殺，與相對的躲避、遁逃，未必是實質上有什麼人、某件事扮演這角色，你們說的黑道、債主，世界上是有這麼樣的人，但我們未嘗不能把這視為一個隱喻。人活在世上，有誰敢站出來說自己沒有任何不想面對的事物？誰敢說自己什麼都不恐懼，什麼都游刃有餘？越是人不想面對的，通常越是無時無刻不在逼近著人的，就因為那是如此壓倒性地逼視著、包圍著咱，勒著咱的脖子，所以才讓人有著那樣強烈的逃脫慾望。」

「我同意。」教授深深頷首。

「K先生這番話正是我要說的，我就是這意思。」托馬司說。

「什麼？現在是達成了怎樣的共識？那兩人因為被某種抽象的東西追趕，諸如社會責任、意識型態、團體適應不良之類的，逃到這裡，然後被亞斯伯格症殺死了嗎？」水電工說。

「你這調皮的傢伙，」K再次不滿水電工以如此輕浮的態度嘲諷他，但他的身分不宜跟水電工計較，只好笑著這麼表示他的氣度不介意水電工幼稚的言語。「我認為，他們究竟是為了躲避什麼人、什麼事來此，可以暫且擱置，只需朝他們是逃遁至此這方向去想，接下來呢？」

「我們漏了考慮一件事，那一男一女，是兩個人，我們剛才做出的推測，適用於其中一人，還是兩人同時呢？也許只有一人是躲避什麼來此，另一人捨命相陪，或者另一人被蒙在鼓裡？或者被脅迫、誘騙來此？」小白說。

「好問題！」教授讚賞地說。

「這回，就先由我來說說我推想的版本吧！」K說。

K坐直了身子，似要開始一番重要演說般。

「我呢，是個寫小說的，但不是推理小說家，因此，我所想的，是我個人沉迷於此一事件，為之投入，其所引發我的想像，所構築出來的整個事件的經過，而不是用檢察官、科學家之類的立場，有如推導一方程式般說出這個故事。」

這開場白說完，K開始敘述他的事件版本。

「那兩人，彼此都已有婚姻，換言之，男的有妻子，女的有丈夫，他們要逃避的追捕是什麼？正是道德的眼光。然而，也不僅是這樣。人習於自己熟稔的生活環境、生活方式，除萬非得已，並不想改變，那非但極不方便，也是冒險，既不值得也沒有必要。普通要是偷情，在離自己居住和上班的地方稍遠幽會，到賓館去開房間就成了，用得著跑到這什麼都沒有的窮鄉僻壤嗎？縱使沒有別人打擾，純粹就讓兩人可以肆無忌憚卿卿我我，但只為了能毫無束縛地縱情相處，才來到此嗎？若是想那樣享受不被有色眼光所監視下的約會，也大可以去國外度假嘛！或者來到此，是想展開不為人知的、兩人天地的新生活？

「我所思慮的第一步便是，這兩人是抱著要這麼活下去，還是不再活著的覺悟，來到此處？

「你們可能會疑問，不管是抱著要活下去或是要死之心來此，只是為了迴避道德眼光，這理由是否太偏激了？

「我要說，這不是個表面上看來如此單純的問題。應該說，沒有辦法被簡化地理解。迫使他們做出放棄原有人生的，怎麼說也必須是一種強大、無法與之抗衡的力量，否則，人就會猶疑、推託、討價還價、用別的方法取代、不了了之。說到此，大家很輕易會以為，對這兩人而言，那不可抗拒的，沛然莫之能禦的力量，便是愛情，但這只對了一部分。我認為，這愛情能成為刻骨銘心的悲戀，是因為禁忌。

「是禁忌燃起了這二人的激情，也是這種催化使他二人無法自拔，也因此，即使逃到天涯海角，逃到除他二人再也沒有其他人的蠻荒之地，那無形的禁忌的追捕仍是沒有消失的，甚且，一旦那禁忌的追捕不存在，激情也會不存在，他二人是很清楚的。這激烈的情感，無論是精神性或肉體性的，都依賴那禁忌而存在，換言之，他們的愛情澆溉了他們原本乾枯的生活，若沒有了這愛情，活著不再有意義。而在此同時，他們的愛情卻是被禁忌所澆溉的，沒有了禁忌，愛情也索然無味，那麼，他們既因追捕而走投無路，也恐懼失去追捕將走投無路。

「這與我的殉情美學是有一致性的。無論是偏重在精神性或者肉體性的愛情，都是有時效性的，愛情這東西不能永恆，若永恆了就不叫愛情了，叫別的東西。而短暫的愛情是依賴什麼而存在的？不管知不知道答案，那支持著這愛情存在的東西，若非本身也不會是永恆的，就是無法永恆地支持著愛情。

「那二人是否可以打破道德眼光對他們的壓迫？他們只要臉皮夠厚不就得了呢？這世上多少寡廉鮮恥的姦夫淫婦……啊！我本人對這種事是毫無道德批判的，我只是依從世人的價值觀來看……這些人是一點都不在乎他人的看法的，既不罪惡，也不痛苦，沒興趣偷偷摸摸，只差沒光天化日之下苟且！如果那二人也能達到如此境界，還犯得著殉情嗎？

「在這墮落的世界，人早晚會掙脫道德的束縛，那二人終將會麻木，不再受禁忌所困，到時候，愛情也成為無色無味的雞肋。那走投無路是不是假象？是真的除死別無他法？這些都不是最重要的，重要的是最激烈的愛情只在這短暫的一刻。

「當然啦！我不評價這樣做是否是個好的選擇，如今的我，不認為寡廉鮮恥地活下去又有絲毫不妥，再怎麼說，能夠碰上那樣的對象，乾柴烈火地點燃，也是人生無上的好運哪！」

K說這話的同時，真不知該哈哈大笑還是該搖頭嘆息。

# 30

「只不過是已婚男女的偷情就說成是不得了的禁忌，通姦都快除罪化了，竟然會是導致二人走向毀滅命運的理由，未免太小兒科了吧？」小慢頗不以為然。

「罪惡是從微不足道的小處開始，漸漸習慣，然後擴大，最終到了當初的自己無法想像會做得出來的地步，也是自己無可收拾的地步。挪用公款的人一開始也只是周轉點小錢，完全沒有想盜取，只是借用一下應急，打算有錢便補回來，但是到最後就犯下令人不敢置信的大罪。」K辯駁道。「我方才就說過了，凡事不能只看簡單的表象，人只感受壓在自己身上的重量之深沉，未必解釋得出來那是什麼，就算想與之搏鬥，也力不從心，相反的，反而越被那重量按著頭往下沉淪，這當中早就不是用什麼黑白是非的道理來做評斷的。

「檯面上看到的東西很簡單，但檯面下有無數種可能。我說這男人有妻子而又跟女人偷情，你們聽了覺得算不上什麼，但是，如果那男人的妻子是在他過去落魄不濟時陪伴在旁、助他度過難關，為他犧牲、為他奔走、為他付出了一切的糟糠妻呢？如果是個重病臥床命在旦夕的孤單女人呢？如果這男人是個平常到處擺出正人君子、坐懷不亂，一副高風亮節模樣、痛斥他人禁不起誘惑的人呢？」

小慢聳聳肩。「那又怎樣？」

「我認為這禁忌可以有更多可能，好比說亂倫，呃……希望這麼說不會冒犯死者。」教授合掌念了聲「阿彌陀佛」後繼續說：「也許他們是兄妹，或者姐弟，甚或者……呃，母子？」

「不會吧？那女屍看來挺年輕的，說是那男人的媽的話，保養得未免太好了。」水電工說。

「鬼魂沒有真正的形體，可以老人、少年、美人或醜人的姿態出現。」小白說。

「什麼？那女鬼的美貌是騙人的？那對 **E cup** 酥胸也是假的囉？」水電工震驚道：「連女鬼也做假胸，真是世風愈下。」

「也許那二人是師生關係。」小慢說，「不過，師生戀也算不了什麼，咱學校裡就多的是，不，算不上師生戀，只是肉體關係而已。」

接著小慢又一拍大腿：「唉呀，搞不好全都加在一起了，那老師是已婚，跟學生又亂搞，後來嘛，發現兩人竟是失散多年的親兄妹。話說回來，這爛劇情電視也演過好幾回了，觀眾都看不煩啊！不過，雖是老梗，大眾還是死腦筋，兄妹戀還是不能有好下場，到最後要麼有人發瘋，要麼死掉，再不然搞了半天弄錯了，兩人其實不是親兄妹，其中一個人的媽爹不老實，他或她並非他老爸或老媽的種，兩人其實沒血緣關係。」

「也許那女人是妓女，那男人要帶她逃出火坑。」夢雲說。

「什麼年頭了，還有這種事情？」教授問。

「你們都不看社會新聞啊？你該不會以為現在沒有逼良為娼這回事吧？黑道用毒品控制年輕女子，因為有警察罩，你逃不出他們手掌心，這可不是鄉土電視劇的劇情。啊，不，鄉土電視劇的劇情看來離奇，荒誕不經，但那可是從社會新聞裡取材的，我鄉下的親戚愛看，都說看得親切、真實，簡直就是身邊的事情搬上電視。」

「那男的是臥底警察！這點子不錯吧？可比當老師有戲劇性。可惜《無間道》也演過這戲碼了。」水電工說。

「說不定這戲碼是，《色戒》，那男的是日本人，女的是女間諜。」小慢語氣譏諷地說。

「呃，恕我直言，我有些不同的想法。為何一定認為這兩人必然有肉體關係呢？」小白說。

「也許，他們只是……相知相惜的靈魂之交？」

「什麼？孤男寡女赤身露體躺在一張床上，怎會什麼事也沒發生？」水電工說。

「你怎知是孤男寡女？你又不在場。」小慢說。

「什麼意思？一男一女赤身露體躺在一張床上，現場還有別人？那是個什麼情形？3P？交換伴侶？雜交派對嗎？」水電工說。

「很抱歉我這麼說各位也許不同意，但就算赤身裸體坦誠相見，也未必非存在有肉慾關係不可……」小白說。

「我看不出來只是要談些精神性的話題有什麼脫光的必要，照你這麼講，我們幾人現在敞開心胸交談，也來袒胸露背吧！」水電工說。

「其實這點子還挺有趣，我並不排斥。」教授說。

「您別在那裡裝開明，樂於和年輕人打成一片的玩法，我知道中年男人最愛來這一套，不過凸顯自己是不折不扣的歐吉桑罷了。」夢雲說。

「會不會，他倆原本衣服穿得好好的，是遭殺害後，讓凶手給剝了下來，為誤導視聽呢？」小白說。

「這觀點倒也頗具見地，不過，方才K先生所提的方案，是以自殺為考量，你這麼說，則是將方向扭轉到他殺了。」教授說。

「不，我並沒斷言那兩人是自殺，這點我得再加以進一步解說。」K說，「我並未說那兩人是『自殺』，就算我提『自殺』這字眼，我指的是一種毀滅的必然，一種悲劇性，也就是注定走向死亡的結局。」

「誰不注定走向死亡呀？」小慢說。

「沒錯，人都會死，任何一個人打從出生就是在往死亡奔去，但心態卻是有種種不同。每個人都知道自己總有一天會死，但日復一日活著的心情，是想著自己要從『死』的手上再奪下一天又一天呢？還是一天又一天逼近、投向『死』的懷抱呢？這是兩種截然不同的生存的姿態。」K說。

「作家先生說得好極了，這就是我的掙扎，您說的真是切中我心，知我者莫若您啊！」托馬司含著眼淚說，「您我素昧平生，您竟然會把我看得這般透徹，您這樣了解我，真是太讓人感動了。」

「我一點也沒把你看得透徹，也壓根不了解你，誰在說你的事情啊？」K原想這麼說，但意味他具有洞察他人內心這樣的能力使他沾沾自喜，反而相反地說道：「我第一眼看到你，就直覺你是個靈魂充滿了矛盾的人，你一方面對人生充滿熱情，一方面卻又抱之以絕望，一方面認為生命是豐富的，一方面又視之為荒蕪的、一切是毫無意義的，但是你選擇了投降，而投降後卻又不甘心，你繼續在搖擺，做垂死掙扎……」

K覺得自己說的話好像專門用月朦朧鳥朦朧的言語唬弄OL的占星師，但托馬司聽了，卻激動萬分，上前緊緊握住K的手，呼喊著「大師」。

「哎呀哎呀稱大師就言重了。」K一面笑又忙不迭要裝出謙遜的模樣說。

「希望這樣問不至於失禮，我對托馬司先生感到好奇，既然大家在此意圖坦誠相對，托馬司先生不知道願不願意說說自己的事情？」小白說。

到底是誰說這是個坦誠相對的局面啊？似乎沒什麼道理嘛！但是，小白這話卻讓托馬司十分欣喜，正打算開始掏心掏肺，卻被門鈴聲給打斷。

雖然外頭狂風駭人呼嘯，疾雨以暴烈的聲音打在雨棚，但室內多少有室內的一種安靜，蜂鳴器突然發出的聲音嚇了眾人一跳。

火山和萊德便是此時回來了。

# 31

旅館老闆托馬司帶火山和萊德去房間，其餘人繼續談話，立刻把方才欲聽托馬司敘述其隱密的過往這回事拋諸腦後，將這話題瞬間忘個精光。

「還有一件事情是無法證明的，那就是兩個人的死亡時間是同時嗎？」K說。

「這還用問。」水電工說。

「誰說的，並不是兩具屍體放在一起就表示兩個人同時死，或者死在同一個事件裡。」

夢雲舉手。「我也想出了個版本，兩個人不是同時死的。」夢雲說出自己的得意推論：「那對男女也許來自世仇的家庭，他們的戀情是不被允許的，於是設計私奔，男的詐死，但女的不知道，以為他真死了，傷心自殺，男的醒來，發現女的已死，也絕望自殺……」

「這不是羅蜜歐與茱麗葉的故事嗎？」

「噢，真的？這麼巧？」

「這兩人陳屍的時間不可考，他們不是真的屍體，無法鑑定死亡時刻，當然也提不出任何證據他們死在同一瞬？同一小時？同一天？甚至同一年？」K說。

「天哪！這兩具屍體的示現也許是象徵性的，而非讓人就實質的形象那樣直接解讀。」

小白激動地說，「或許他們是一對相愛夫妻，妻子遭殺害，丈夫悲痛欲絕，日復一日、月復一月，終於明白沒有她他是無法一個人過下去的，所以他選在她的忌日自殺，兩人終於永遠地廝守在一起。」

「小白，你大概是人間碩果僅存的還相信神仙教母、聖誕老人的那種人吧！」水電工拍著小白的肩膀說。

「你為何不願意相信人間有真愛，真愛能穿越時空，不因那個人不在身邊而熄滅，真愛是永恆的，是人類唯一的救贖呢？」小白說。

「小白，你看著我的眼睛，告訴我，你相信真愛嗎？」水電工捧著小白的臉說。

小白沒回答。

「我還是比較相信肉體之愛。」水電工說。「你不能因為自己無法享受肉體之愛，就把希望寄託到精神之愛那種虛無的東西上。」

水電工放開小白的臉，忽然瞪著小慢的方向說：「你看你後面！」

小慢尖叫一聲，向前撲過來。

「哈哈哈！騙你的，膽小鬼。」水電工說。

「討厭，死相！」小慢罵道，搥了水電工幾拳。

水電工一面閃躲一面吃吃笑：「又不是沒見過鬼，竟然還會怕。」

教授見二人打鬧，面露微笑發出嘖嘖聲：「真可愛。」

小慢坐回原來的座位，教授故作愕然：「小慢，你後面那是什麼？」

「重複第二次就不好玩啦！」小慢不耐煩地翻白眼，「沒想到教授這麼幼稚。」

教授起身說要去上廁所，離開後，眾人安靜下來。

「唉，困坐於此無事可幹，幾天沒看A片，人生可說是黑白的。」水電工說。

「果然是一天不能沒有A片的處男，告訴你，教授有私藏。」小慢說。

水電工尚且來不及辯駁他已非處男身分，驚訝反應：「什麼？」

「有何奇怪？教授也是人，看A片也沒什麼不對勁。」

「但教授隨身帶著？」

「都是些熟女的，你不會有興趣。」

「熟女有什麼不好？年輕女子不通曉性愛真諦，熟女的性感才是真性感。」夢雲插嘴。

水電工點頭。「我一直都偏好巨乳美少女，現在想想，熟女A片值得一看，像是人妻啊、女上司啊，應該也加以欣賞。這旅館有放影機嗎？該不會只有老闆的房裡有吧？……唔！這不就是嗎？太好啦！小慢，你去把片子拿來。」

「為什麼是我去？你自己跟教授說呀！」

夢雲若有所思地插嘴：「那個教授先生，對熟女有興趣？」

小慢一轉臉，瞪了夢雲一眼。「你該不會以為教授喜歡熟女，你就有機可趁吧？年紀大的女人就如凋謝的花朵，你告訴我有什麼花是枯萎的時候比盛開的時候美的？」

「什麼叫做美？你說了算？在某些人眼中，凋零的花才美。」

「說凋謝、枯萎，還是好聽的吧？應該說是腐爛、衰敗，我每次看那插在瓶中的百合，或是枝頭的茶花，當它們開始凋零的時候，我都感到驚訝，花朵的衰敗怎會如此醜陋？為何上天要讓那麼美的東西醜到這種程度呢？扭曲、皺縮、殘破、發出惡臭，無論原來是多晶瑩鮮潤的色澤，都會變成腐爛的咖啡色，女人一旦失去青春，就是如此。」

「別在此說風涼話，你也有凋萎的一天。」

「我沒說我就不會凋謝，凡是人都會老去，沒人能永遠年輕貌美，但那是以後的事，至少現在我還是一朵盛放的花。」

「你，你別得意忘形。」

「我沒得意忘形，世間是公平的，誰生下來沒青春過？每個老人都有過年輕的歲月，我在享受年輕燦爛的時光，你也不是沒過過人生這段時刻。」

「年歲大了固然形貌也許不若從前，但人生增長的智慧怎麼說？這可不是徒有皮相的年輕女子身上能找到的。」

「要那東西做什麼？」小慢輕蔑地說，「何況，我看不出你比我多了什麼人生的智慧。」

「你、你、你……，你這賤人！」夢雲氣急敗壞到不知如何反擊。

「我告訴你，我見過的世面比你讀的書還多。」夢雲說，但話一出口卻覺得這話一點兒也沒長自己志氣，反而增了對方威風。

「女人就會為這類膚淺的話題鬥氣，不像我們男人。」水電工小聲說。

火山和萊德換了乾爽的衣服下樓來。「你們在聊什麼這麼嗨？」火山問。

「玩故事接龍。」小慢說，「關於那兩具屍體的猜謎遊戲。」

「進展到哪裡了？」

「還早哩，現在連兩個人到底是什麼關係都搞不清楚。」

托馬司出現了，從儲藏室裡抱來了好幾瓶白蘭地，說這是他剛開旅館時便帶來的，至今未開封過，可是不可多得的珍貴陳年好酒。「這樣的暴風雨夜，難得有緣之人相聚，在此坦誠交心，人間還有比這更動人可貴之事嗎？這些好酒不在此刻與諸靈魂伴侶同飲，更待何時？」

萊德與火山幫忙取來了杯子，在此風雨交加、鬼魂作祟、混合知性與感性、精神與肉慾的氣氛下，眾人忍不住以熱切之情乾杯。

# 32

不到一個鐘頭，眾人已喝得醺醺然，K什麼時候挨到小慢旁邊坐著，此時捏著小慢的膝蓋說：「像你這樣聰明伶俐又時髦的女孩子，思想肯定不像那些土笨的女孩保守，我曉得你們啊，是不把可笑的貞操觀念放在眼裡的，一夜情對你們來說有如吃飯喝水般普通，我說的對吧？」

「這還用問嗎？」小慢答道。

「依我看，咱們倆何不單獨同遊呢？回程的時候，你坐我的車，到哪兒去快活一番。」

「夢雲不是坐你的車？」

「那個娘們隨便她啦！那麼大一個人，難道自己還回不去嗎？」

「我跟你去快活？拜託，你當我是誰？我也看對象的吧？跟你？別開玩笑了。」

「奇哉怪也，你和那教授老頭兒，不是也有苟且？」

小慢勃然大怒，提高了聲音：「誰說我和教授有苟且？就算有，跟你有什麼相干？」

「那個傢伙可以，我當然也可以啊！」

「你，你什麼東西，也不去照照鏡子。」小慢把K推開，K跌到沙發下，小慢還順勢踹了他兩腳。平常這兩人不可能有如此荒誕的言行，但黃湯下肚，就變得如此俗不可耐了。

「我跟教授之間的關係是清白的。」小慢大聲說。

如此說的同時，小慢心中想著，只是把赤裸的對方綁起來加以打和踢、踩，某種層面來說應該算是純潔的吧？

「什麼？你和教，教授沒發……生關係？」水電工表情深感驚訝，卻已經是口齒不清的狀態。

「怎麼？你著急個什麼勁？」小慢冷笑。

「我怎麼不著急？那我們的計謀怎辦？」水電工說。

「很抱歉，我管不著你們的事。」

「什麼意思？我們是在同一條船上。」

「誰跟你同條船啊？自個兒划你的獨木舟吧！」

「你這陰險的女人，你和教授一定上過床了，就把我一腳踢開，果然是個狡詐的淫娃，我……我就知道。」

「你這只會天天自己打手槍的死宅男，就算拿刀威脅也不會有女人願意給你上，你一輩子當處男吧！」

水電工一聽，臉上浮現神祕的笑容。「那你就有所不知了，我已經不是處男之身。」

「少來了，別再一天到晚說這種愚蠢的謊言，聽了就讓人想發笑。」

「我沒有說謊，」水電工搖搖晃晃地站起身，「夢雲，你告訴她。」

「你真是飢不擇食，可嘆啊可嘆。」K搖頭說，但讓人搞不清他是在說夢雲還是水電工。

「誰不垂涎年輕的肉體？你自己呢？你剛才被推倒在地上踩，我可不是沒看到。那就是你自不量力的結果，就憑你，也想品嘗青春肉體的滋味？別做白日夢了。」夢雲說。

「女人是陰險的動物，不論老的小的，都是水性楊花。」K忿忿道。

「我知道你這是嫉妒之心，你沒我這本錢，但你是在吃醋，你覺察到了嗎？你還是迷戀我的。」夢雲說。

「別胡說，誰迷戀你啊？」K辯駁道：「可我說你水性楊花，是一點都沒說錯，上次我目擊你和這個黃毛小子孤男寡女赤身露體，你還否認你倆有姦情。」

「那時候還沒有呀！」夢雲也辯駁。

「我啊！一直都希望有兩個男人爭奪我，爭得頭破血流最好。」夢雲轉了圈眼珠子，瞟了水電工和K一眼。「論外貌和性格，K先生你實在不是我喜歡的對象，但，你是作家，這個身分和頭銜合我的意。別人女人喜歡富商小開，也不是喜歡他們的臉、他們的身材、他們可怕的品行和他們的臭毛病，看中的當然也是他們的身分和頭銜，什麼意思？就是他們的錢、他們的生活方式。同樣的不為喜歡那人本身，只是喜歡他的身分和價值，我卻不同那些庸俗女人般渴望富商小開，而是衷情文人雅士，若非碰到這樣不同常人的我，就憑你，哪個女人會對你傾心呢？雖然，我不可能愛上你，但我不拒絕你迷戀我，我告訴你啊，我現在和這小伙子的關係，可是比和你進了一層，你不加把勁可不行的。」

夢雲雖是酒女，照說應該酒量不凡，千杯不醉，此時眼神卻有些迷茫，也不知是真還是裝的。

「關於那對鬼魂男女，各位要聽聽我的版本嗎？」不待有無人回答，夢雲接著說：「我啊，不想浪費精力去當癡情女愛得瘋魔，那樣不是太傷心傷身又傷財了嗎？寧可讓男人來為我爭風吃醋，愛我愛得死去活來，這樣有趣得多。依我看，那男人對這女人恐怕癡迷到快要發狂了吧！人要是愛或恨到發狂的程度，當然已無理性可言，可說是會喪心病狂的啊！而那女人，也正就是你們說的水性楊花——這又有什麼不好呢？美麗的花兒就是要給越多人欣賞品味的好。殘酷的人哪！見到美麗的花兒就想把它摘下，任誰也阻止不了，但花兒最終會落到誰手，又有誰會知道呢？那就讓他們盡情去爭奪吧！身為那美麗的花，其實是身不由己啊！也只能聽憑手段最高明或者最暴力的人得到她。

「那男人終歸是不能忍受別人也同時擁有這女人，無論是身或者心，甚且，他到底在乎女人的身還是心屬於別人呢？他也迷失了吧？就只一心想讓女人僅屬於自己，而什麼叫做『屬於』呢？也已經弄不清楚了吧？唯一強烈的意志就是獨占女人。

「他把女人帶到此，就是要獨占女人，把女人永遠監禁在此也好，殺了女人也好，什麼手段都無所謂。他問女人，是否心中只有他一個，是否只愛他一人，是否願意從此不與任何其他男人來往，不見任何其他男人，當然，絕不可能和其他男人再發生親密關係。這是他給女人的最後通牒，女人只能選擇委身於他，忠心癡情於他，否則，他就殺了她，她若逃走，他也終究要殺死女人身邊的所有男人。

「但是啊，這女人就跟我一樣，我深深可以感覺得到，她與我是相似的。她也不癡情於男人，縱使身體可以讓無數男人擁抱，但她不會做死心塌地著魔於男人這種廉價的事。

「然而，這樣的女人，終究會成為犧牲品，可說是命中注定。男人緊抱著她，是如此粗暴，那力道彷彿要讓她窒息，男人逼問她，隨著那逼問的句子接二連三襲來，也同時劇烈搖晃著她，要她給個讓他滿意的回答。其實在他內心深處，他已知道答案了，他知道眼前這個女人，不是普通的女人，她不會輕易就範，不會那樣沒有節操地答應他。說來諷刺，這就是女人自己定義的節操，她不輕易妥協只委身於他，因為她心裡是不愛他的，她寧可和其他眾多男人苟且，至少這是誠實的，這是她心中的節操。

「那男人見她的眼神就知道他是威逼不了她的，他也不要她虛情假意的謊言。既然如此，那就玉石俱焚吧！他不會讓她活著，他要殺死她，而她死了，他也不會獨自活著，他告訴她，他現在就要殺了她，而他也會自殺。絕望的野獸就是如此凶暴啊！

「而她也知道無路可走，但她不後悔，也不想掙扎，被這男人殺死，也不是意料之外的事，她老早就知道命運的殘酷，像她這樣的女人，不會有好下場。能夠死在如此癡迷於她的男人手中，也算了無遺憾了。」

夢雲以亢奮的聲調，演舞台劇似的唱作俱佳說完，水電工拍手叫好。「真是淒美的故事，連大作家K先生也想不出來吧！」

「這種陳腐的通俗小說題材，我才不屑去寫。」K生氣地說。為了掩飾醉意，他刻意挺直身子坐著，雙手抱胸，但眼皮子都快睜不開了。

托馬司這時開口：「有一事我不明白啊！」說完停頓了很久。

「女人為何都愛炫耀有眾多男人追求呢？」托馬司說，又停頓了好一陣子。「一面抱怨自己一點都不愛這個人，一面又沾沾自喜對方對自己如癡如狂，明明就像對不上的拼圖，為什麼又為此得意呢？一個男人與一個女人發生了肉體關係，就把這視為戰利品加以宣揚，但是現在，以此為功業自抬身價到處說嘴的男人也少了，反觀女人，卻以男人追求自己但並未得手這樣半調子的事當作戰利，這不是很奇怪嗎？」

「因為男人只有在追求女人卻得不到手的時候才付出啊！所以說，女人炫耀的是男人對自己的付出，這彰顯了自己的身價。」托馬司問的應該是夢雲，但小慢卻代為回答。「而男人對自己付出，自己卻不愛這男的，那也是合情合理，因為男人一旦遂了自己心意，就不再做任何努力了，把一切都視為理所當然，於是變得醜笨、無聊、討人厭也毫無自覺。」

夢雲搶過話來接著說：「女人卻相反，女人是篤定了才把全部的自己交出，此後女人一方面因為愛而情不自禁做出奉獻，但比對男人此時的一臉死相，依照托馬司你剛才說的邏輯，這不也是不相稱嗎？」

「為何女人一旦認真說話，都像歷經滄桑一般？」水電工說。

「可我要痛斥女人這種以被追求而洋洋得意的行為，」托馬司舉著杯子站起來，大聲說：「這實在是太無恥也太自私了。」

小慢也站起來。「男人就不無恥，就不自私嗎？要說男人不無恥不自私，那真是天底下最荒誕的笑話。」

「小慢你何必如此激進呢？男女之間，能發展出親密特別的關係，也是百年修得的緣分啊！」水電工說著，哈哈哈笑著，此時的酒醉反應，接近呼了大麻後的狀態。

但托馬司並未妥協。「要依賴別人的追求來證明自己的身價，這不是很可悲嗎？」

「你說的可悲是什麼意思？」夢雲問。

「你不能靠別的事情來證明自己的價值嗎？」

「那是兩回事。」夢雲噘著嘴說。

「其實再醜再奇怪的女生也會受男人歡迎啊，像萊德這種，也不缺男人噢！很有趣吧？如果可以嚇走男人，也很好玩，但是也有完全不知道心裡在想什麼的奇怪男人噢！」火山說。

「沒人問你的意見啦！」夢雲說。

「人的潛意識裡都想得到別人的喜愛，如果世界上沒有人喜歡自己，就算有再多錢、再有成就，都是無用的。這麼說來，一個人活著的價值，既不是對世人有多少貢獻，也不是對他人付出了多少，不是愛人，而是被愛啊！如果不被愛，就算愛人，也是空洞的，有誰真能厚著臉皮說，只願愛人，不稀罕自己絲毫不被愛呢？就算是德瑞莎修女那樣的不計自己、只對他人付出愛心的人，也因為知道自己是被愛的、是被珍重的，至少，被神所愛的，才能那樣篤定地活著，堅強地去愛廣大的人群啊！」教授深思著說。

托馬司聽了，再度好似被說中心聲而嚎啕大哭。這麼容易就被道破心事，這男人的心思是否還太大眾化了啊？話說回來，搬弄自己內心的脆弱和敏感，何嘗不是一種表演呢？

「教授您似乎沒喝什麼酒？」小慢往教授大腿一坐說。

「我不能喝酒，我會起酒疹。」教授說。

「起幾個疹子算啥啊？又不是出天花，死不了人。」小慢說著，抓起教授握著酒杯的手，往教授嘴邊送，酒灌進教授嘴裡，咕嘟咕嘟嚥進喉嚨，教授不斷想推開喘個氣，小慢不放鬆，直讓教授喝乾杯裡的酒才停手。

# 33

酒能腐蝕一個人在清醒時的判斷力。如果是平時，向小慢求歡被拒還遭推倒踢打，這樣的恥辱K可能會羞憤自殺吧！（但是在平時，這樣的事情從頭到尾整個也不會發生。）然而因為酒醉，這樣的知覺也不存在了，根本無所謂丟臉，所以說，嗑藥或者酒醉才會讓人再大膽無恥的事也做得出來啊！人之所以迷戀藥物和酒精，也就是為了解除知恥機制的作用而得到解放。

不幸的是，酒醉剝除得了理性和羞恥的外衣，卻剝除不了自憐和悲哀的感傷。被小慢拒絕並加以毆打的恥辱他可以無感，卻無法免除得不到年輕女人青睞的傷懷。

「嗚呼，有學養才華的中年男人，終歸不如有才氣但年輕的男子那般瀟灑，今天的我若是裝在二十歲的軀殼裡，那有多迷人啊！」K語氣嗚咽地說。「雖然人們說身體不過是具臭皮囊，但這皮囊可重要的咧！誰不被這皮囊所騙呢？誰？你跟我說有誰？那些口口聲聲說內在比外在重要的人，不是昏頭就是騙徒，是虛假，是鄉愿……呃，雖然我自己也曾這麼說過，但我承認，那是出於膚淺的心理。對！世人以為崇尚外表是膚淺，其實鄙夷外表才是膚淺，醜老是可悲的，失去年輕的肉體是可悲的，嗚呼哀哉，時間若是能重來就好了。」

「若是時間重來，您想過怎樣的人生呢？」小白問。

明明是自己發出的怨嘆和渴求，被小白一問，K卻答不出來。本想說，「過和現在完全不同的人生」，但那是什麼樣的人生呢？卻沒有概念。還要不要當個作家呢？也不知道。也許他會離開這裡，不為僅在這小小的島上生活就感到滿足，他要去世界各地遊走，不過，那樣的想法也非常空洞。或者他應該摒棄他這一生謹慎的過日子方法，改走大膽、狂放、冒險的路線。但要大膽、狂放去做什麼呢？冒什麼險呢？搶銀行嗎？在公車上偷襲婦女嗎？完全沒意義。

想來想去，他竟驚覺，他的想法跟夢雲一樣，他想要女人為他癡狂，好幾個女人（同時或輪流皆可）死心塌地愛他。不過，這麼丟臉的想法就連他此刻的醉意也不足以說出來。若這是他原創的想法，也許會說出口，但是夢雲先說了，他怎能當那女人的應聲蟲，怎能和那樣的女人同一見識！

隨即他嘆了口氣：「教授方才說的真真不錯，人活在世上，若沒有被愛，一切都是枉然。」

小白面露迷惑。「您們不認為愛比被愛重要嗎？去愛才是生命的價值，不管有沒有被愛，難道不是如此嗎？您們當真認為人不會不為任何回報而愛嗎？」

「那是狗屁。」小慢迅速回答。

「我也這麼覺得，」水電工說，「一個女人如果說愛你卻不給你上，那就根本是謊言。」

「肉體的慾望並不是愛。」小白說。

「那我寧可要肉體的慾望。把愛掛在嘴上是鄉愿。」水電工拍拍小白的背，「我跟你說，你啊，一定要趕快找個人打上一炮，男女都沒關係，趕快破你的處男身，才能體會那是怎樣一回事。」

自己也不過是不久前才破處男身，現在就一副老經驗的模樣。但是思及那箇中美妙，水電工的臉上浮現淫穢的微笑。

K又長嘆了一聲，對小白說：「如果我像你那般年輕貌美，我一定會很珍惜這樣的本錢的啊！」

「像小白那樣也沒什麼好，小白還曾經被誤以為是侵犯女生的色狼被逮捕，十分悲慘的經驗啊！」水電工說。「真不明白，一看就給人猥褻的印象，好端端地搭公車站在女性旁邊傻笑就會被以為是色狼的，應該是火山這種長相的人吧？」

「我？」火山指著自己的鼻子，並不覺得有不愉快的樣子。「我覺得自己還蠻帥的。雖然沒有小白那麼帥。嘻嘻，是因為這樣我也像色狼嗎？」

「小白中學的時候常常被人欺負噢！被綁起來嘴巴塞進大便，吃屎去吧！哈哈哈，人家就這樣跟他說。」萊德說。

「笨蛋，誰叫你說這個。」小白怒道。

K絲毫不受影響，沉浸在哀傷中，「白兄你是一朵水仙花，但卻不知自己是一朵水仙花，啊呀，若是我也生為一朵水仙花呢？真不知那會是怎樣的情景。人世間就是如此諷刺，得到某樣東西的人往往不覺得那東西可貴，沒有的人偏偏就想要得很。人哪，看不見自己擁有的東西，只看得見別人有而自己沒有的東西。」

「這麼說也是虛偽吧？否則人的自負自戀又是打哪兒來的呢？自戀不就是以為那樣東西只有自己有而別人沒有嗎？事實上，一點也沒有那麼稀罕，不過就是自我陶醉而已。」小慢說。

K聽出這是在諷刺自己，心中頗不痛快，立刻想還以顏色，然而為證明自己並未喝醉，仍是理性的富有智慧的狀態，便壓抑這情緒。只是過不了兩分鐘，卻連自己也沒料想到的突然爆發：「潑辣的妖精！你別以為你什麼都懂，你這奶娃未經世故，那是無知！是見識短淺！是……是孤陋寡聞……！總之，愚笨的人怎可能了解智慧？不會ABCD的人怎聽得懂英文？現在跟你講也是白浪費時間，等你長大就知道了。」

「知道什麼？知道步入中年會變得不怕丟人現眼嗎？那還是不要知道的好。」小慢反唇相識。

K一聽，把酒杯倒滿酒，一飲而盡。「別以為你可以如此肆無忌憚地羞辱我，我要把你撲倒在地，撕爛你的衣服，讓你在眾人面前脫個精光。」說罷，原本表情猙獰，但因想像小慢裸體的光景，不自覺嘻嘻笑出來。

「好啊！真不錯，快點動手。」火山鼓掌，方才他愣著東瞧西望眾人發言，覺得頗有趣味，現在更覺精采可期。

「我也想看小慢的裸體。」水電工說。

夢雲打了他一耳光。「你已經看過我的裸體了，竟然還想看別的女人的？」

「女人的裸體，不是看得越多越好嗎？」水電工說。

「不，赤條條毫無遮掩，是沒有美感的，若隱若現，半遮半掩，才有情趣。」教授抓著手臂上起的疹子說。

「什麼老掉牙的八股說法啊？要脫不脫實在討厭，脫就脫個乾淨俐落。」水電工說，「我最討厭脫星紅了以後就說什麼從此衣服要穿回去不再露肉，實在是太造作扭捏。」

「人體的美是自然的奇蹟，並不是以邪念來觀看的……」小白說。

水電工打斷：「得了得了，你知道自己在說啥？抱著邪念觀看人體有什麼不行？就是慾念使得人體不只是人體，慾念是偉大的。唉，你這種半死的人不懂啦！」

小白老是逢人便說自己半死，真被人這樣評價，卻又不悅起來。「就是因為我跟你們這些活人不同，我才更接近高度精神性的境界，我才有比你們更純粹的見解。」

「人終有一死，早晚要落入精神性的境界，不用急著現在成佛，趁著有肉體的時候，特別要享受肉體之歡啊！」水電工說。

「沒錯，我跟你的想法一樣。」K說，「不過，應該是我先想到的，我昨天就想到了。」

水電工打斷：「我可是打第一次夢遺就想到了。」

K假裝沒聽見這話，繼續說道：「說什麼不分老少胖瘦的人體都是美麗的，那是裝腔作勢，連我這人文深度如此深厚的藝術家也不會說這樣偽善肉麻的話。裸體當然只有年輕貌美、穠纖合度的女子值得一看。」

夢雲用鼻子哼了一聲。「也不照鏡子瞧瞧自己。」

「我們不是在推敲關於那二人死亡的真相嗎？是否應該回到正題上去？」小白問。

「這倒是，輪到我來說說我的版本了。」K說。

「你剛才已經說過你的版本了。」水電工說。

「唔？有嗎？」K歪著頭想了一下，但今晚他說了太多的話，現在已想不起來說了什麼沒說什麼。「管他的，就算有好了，我再說另一個版本。」

「請長話短說。」

K又給自己倒了杯酒喝下。「不是說那兩人死時的年紀外貌未必如我們所見嗎？也許那男人是個六、七旬老翁，拐走荳蔻年華的少女，軟禁在此加以玩弄。」

「越說越不像話，果然是浪得虛名的作家。」夢雲說。

「什麼浪得虛名？你對文學作品的藝術性一點也不了解，」K怒道：「我這是谷崎潤一郎版本。」

「如果是谷崎潤一郎版本，老人其實也是被玩弄的吧！」小白說。

K點頭。「說得好，玩弄人的人，同時也被玩弄，被玩弄的人，其實也在玩弄對方，那女娃自然也不是無邪的，表面上那被拐來的少女好像是犧牲品，但她打心底是蔑視老人的。老人做出拐騙少女加以欺凌的事，固然罪惡，但何嘗沒有意識到自己的淒涼醜態，何嘗不是悲絕呢？」

「其實那老人是性無能吧？無法對少女真的做什麼，只是滿足空虛的色慾而已。」水電工說。「對男人而言，終究還是只有性能力證明一切。」

「你別胡亂說，我還沒講完，」K說，「那女孩想逃走，激怒了老人，她以為在這荒郊野外，殺了老人神不知鬼不覺，這種情境，再膽小、柔弱或正直之人也敢殺人的。然而，她在拿刀刺向老人之時，被老人察覺了，爭鬥之下，少女被老人誤殺……唉，他其實是不想殺害少女的，幹下這樣人神共憤的事，人生也早就已走向末路，活著還有何必要？除死之外老人沒有他途。」

# 34

「大叔不必這麼悲情，這兒還有個年輕女子，」火山笑咪咪地說，拍了拍萊德的肩膀。

「萊德也是女人，雖然胸部不像，下面那裡確實是女人啊！只是想跟年輕女子做愛的話，萊德也可以嘛！是不是啊？」

萊德也咧嘴笑著。

「這，你這樣講太失禮了，要問人家女生願不願意吧！」

「有什麼關係啊？」

火山和萊德兩人的姿態，好像人生沒什麼事是不可以的吧？好像現在大彗星撞上地球也會拍手說好看吧！如果兩個人此時是站在槍砲四射的戰場，在同時中彈倒下的瞬間，也會指著對方覺得好笑吧！

「世界上所有的女人都死光了，我也不要跟這樣的女人上床。」水電工搖頭，「我勸作家先生您還是不要太隨便，飢不擇食。有些知名的男人葷腥不忌，只要是吃得到的女人無論多醜怪的都照單全收，當然啦，我也羨慕那樣有女人自動投懷送抱的生活，但是我絕不會不挑啊！臉我可以不那麼計較，胸部雖不至於一定要E罩杯才合格，但少說也要有點料嘛！」

「你算什麼東西可以在那論斤論兩啊？」小慢斥道。

「就憑我這小弟弟啊！水電工三個字非浪得虛名。」水電工拍拍自己胯下說。「又大又猛。」

小慢沒說話，只發出輕蔑的悶哼來示意。

「啊，原來如此，作家先生並非因為年紀和容貌的原因沒有女人緣，其實是那個不夠力，那真的就沒辦法了，無怪乎落到沒得挑的境地。」水電工以一副誇張的恍然大悟的表情說道。

「你這小王八蛋！」K一躍而上，揪住水電工胸口T恤。

水電工用手掌推開K的臉，不過，K可不是做做樣子，老實說，自從來到這間旅館，至今積了不少怨怒，不發洩出來可是傷身體啊！酒意多少姑且不提，藉酒裝瘋也罷，反正，非好好修理這個不知好歹的混蛋不可。

小白和教授企圖拉開兩人，其餘人則冷眼旁觀，甚至覺得打得激烈點才叫過癮。

「你這花心鬼，有了我還想四處沾染女人！」夢雲站起來，趁亂抓著躺在地上的水電工的頭髮搖晃。「沒用的東西，兩三下就結束了，還在那兒得意。」

「可是，你不也說很爽快嗎？」水電工訝異道。

「笨蛋，那當然是騙你的。我跟你之間，是完啦！果然年輕男人靠不住。」夢雲說著，露出悲慘的表情。「年紀大的男人無恥，年紀小的男人無賴，人世間真是可悲。」

比起年過四十又缺乏運動的中年男人K，水電工不愧年輕力壯，用力把K推開坐了起來，K被摔出去，咚的一聲跌在地上，哇哇大喊自己閃到了腰。

「那個，你，我注意到了，你剛才拿著攝影機在拍什麼？」托馬司指著萊德說。

「不是說了嗎？因為我們是紀錄片工作者嘛！」火山說。

「什麼紀錄片？」K說。

「你知道的嘛，台灣風土人情之美。」火山說。

K露出茫然的表情。「我不明白，拍攝台灣風土人情之美，幹麼要拍我們？」

「只要在台灣拍的任何東西，都是台灣風土人情之美嘛！」火山一副理所當然的樣子。

「我們可沒錢坐飛機到外國去拍喔，只能在台灣這個島上拍嘛，所以說啊，只要攝影機一打開，都符合這個題材。」萊德說。

「你不覺得剛才拍到的都是人性的醜陋？」小慢問。

「怎麼會？」火山和萊德對看一眼。

「你們還拍了些什麼。」小慢問。

「在萊德的筆電裡，很酷的噢！」火山對萊德說：「拿給她看。」

眾人圍上，看萊德拍的影片。

「哈哈哈，這個真是妙，應該會得獎。」水電工說。

「我也是這麼說的。」火山說。

「拍這個是要做什麼？」K問。

萊德和火山對看了一眼，茫然道：「不做什麼啊！」

此時螢幕上的影像吸引了眾人注意。一對年約六十的夫妻，正在依照《印度愛經》的圖片示範各種做愛姿勢，不過兩人都並無裸露，穿著輕便但整齊。高難度的動作令人嘖嘖稱奇之外，感覺十分荒誕好笑，不過兩人表情很正經。

「這個真是不簡單！只有李棠華特技團才辦得到吧？」教授嘆為觀止。那是陀螺體位，男人坐著，女人則陰部朝下位於男人之上，上身挺起略背對男人，兩腿朝自己屁股的方向抬高彎曲，手向後伸抱抓住膝蓋，像浮在水上的母鴨展翅，男人的手則抓住女人乳房。

「真有意思，真有意思，平常閒來無事練習這種運動，也是人生的趣味。」教授說，「依我看，縱使他倆並非在做愛，只是操演各種姿勢情狀，那樂趣也是妙不可言的。誰說性非得是性交不可呢？」

教授的脖子也起了紅疹，小慢遞上酒杯，教授搖頭說：「不，不能再喝了。」

「我怎看不出不性交的性有意思在哪？照教授這麼說，奧運體操選手都不必做愛了。」水電工語帶困惑。

「唉，這個你問作家先生，他一定了解，推理作家不殺人也得殺人樂趣，情色作家不性交也在書寫中滿足了性慾。」

「你怎麼知道我只能紙上談兵？這話未免太武斷。我們這種藝術家，想像力比常人豐富，自不在話下，但不表示在真實面就很虛弱。我沒有義務告訴你們我私人的性生活樣貌，但我可要聲明，雖說不上特別精采絕倫，但也不貧瘠。我無意誇耀，而是實話實說，即便不像方才影片那兩人那般在性愛上花樣繁多，但也不是省油的燈。」K因為閃到腰，到現在還無法從地上起來，但也無人去攙扶，此時因不甘示弱的心態努力坐直身體。

「中年男人特別在意自己的性能力。」夢雲說。

「年輕男人何嘗不是？」小慢說。

「我就不是。」小白說。

「你根本算不上男人。」水電工說。

真要這麼追究，小白可能連「人」都算不上吧？不幸小白的才情平庸，否則以這半死之人的心性，一方面對人世的癲狂和虛妄感到絕望痛苦，一方面又渴望那不存於人間的超越性情感，也許就能寫出像是那些發瘋或早夭的詩人、搖滾樂手讓世人著魔的作品吧！

我是個徘徊於活生生的有七情六慾、貪嗔癡念的人間，和對任何事都視為鏡花水月的鬼界之間的人，小白沉醉於這樣耽美的想法。

話說小白這樣貌美的男子，不少女孩為他著迷，但是一接近小白，就發現他是個無聊無趣的人，天底下還有比毫無慾望的男人和女人更乏味的嗎？曾有女子百般誘惑小白不得，嘆息道小白一副這樣秀麗的面容與比例勻稱的身材，卻坐懷不亂不動如山，真是奇幻小說中精靈界的人啊！小白聽了暗暗自喜。不過，這樣頭殼壞去的女性為數不多，正常的女人只會在拂袖而去後，兩三下就把此人忘掉，毫無印象。

「哎呀，我怎麼沒想到，小白你是與鬼魂體質最接近的人嘛！你何不試試看直接和那兩個鬼溝通呢？」水電工一拍腦袋說。

「白兄為何與鬼魂最相近？」K不解問。

「小白老說他死過一次，死後復活，但復活得不甚完全。」水電工說。

「是的，我曾死過一次，我姐可以作證。」小白說。

眾人目光望向萊德，萊德露出天真的笑容。「這個嘛，小白那個時候是停止呼吸和心跳，不過，那個就叫做死嗎？總覺得很不可思議。這樣就死掉了？好像太簡單了。」萊德望向天花板，像是思索的表情。「所以說，小白又活了嘛！」

「原來白兄是處在陰陽交界之人哪！」K的語氣好像在指小白是不可多得的人才似的。

「既然如此，何不來開個降靈會，把那兩鬼召來……哎呀，這不是降靈會，這是說明會……噢，是聽證會呀！」夢雲說。

是誰說女人膽子小，女人都怕鬼呢？女人好奇心跟貓比呀！好奇心重的人膽子怎可能不大。

「啊，好酷。」火山說。

似乎無人反對這個點子。

事到如今，小白也不便說他不知如何召喚鬼，雖然平常把自己徘徊人鬼交界掛在嘴上，但事實上他並沒跟鬼魂具體打交道過，他老在故弄玄虛的那些，都只是一些朦朦朧朧似有若無的感覺而已。

於是，大夥兒便把燈關了，哇哇喊著尾椎痛的K被拉了起來，眾人照通俗電影裡演的那般依樣話葫蘆，圍成一圈手拉著手。

「好的，現在大家閉上眼睛，心中默想著那兩人。」小白說。

如此靜默了兩分鐘。

「什麼都沒有。」水電工說，他坐在小白旁邊。「你是不是應該說點什麼？」

「噓──要專注地冥想。」小白說。

連他自己也很難專注，他努力在一片漆黑中看見什麼，但什麼也沒有。平常他總疑神疑鬼覺得他老在看見不明不白的奇怪東西，但真要踏踏實實看見什麼異象，反而理性地懷疑起眼皮上偶爾浮現的霧茫茫的黯淡光暈，也不過是眼球的物理反應。

不，他要集中心智召喚那兩鬼。

但他什麼都感應不到，完全是個零，感覺就像考試看見絲毫不會做的數學題，腦子空白一片。

越是想專心，思緒越是亂跑亂飛，不相干的無聊事便四面八方冒出來，連電視廣告歌曲也開始在耳邊播放。

「我的肚子在咕嚕咕嚕叫。」萊德小聲和旁邊的火山說。

「真的？」

「很大聲噢，你聽，又叫了。」

「我沒聽見……唔……聽見了，嘻嘻……真的在叫。這麼一說，我也覺得肚子好餓。」

「你們兩個在那嘰咕什麼？太不莊重了，整個肅穆氣氛都給你們破壞了。」是K的聲音。

「又不是參加喪禮，幹麼要莊嚴肅穆？」小慢的聲音。

「真不懂事，這就是喪禮。你們對死者缺乏尊重，死者為大，你們的態度實在太過輕浮。」K說。

「對活人裝腔作勢也就罷了，難道對死人還要如此嗎？」夢雲說。

「我沒聽錯吧？你說誰裝腔作勢？裝腔作勢的明明就是你自己。」

「請各位安靜，這樣會影響鬼魂和我們的溝通。」

「鬼魂真的會來嗎？」火山問。

「你們倆昨天不在，他們昨晚鬧得兇了。」小慢說。

「哇噢，萊德，我們錯過了很酷的事。」火山說。

「他們只是現身讓我們看見與否的差別，其實一直都在此。」小白說。

「照你這樣說，以現在這樣的情境，讓他們現身好嗎？」教授語帶猶豫地問。

「什麼意思？」K說。

「因為他們知道我們所有人的祕密，若是出現了，不知道會說出什麼……。」教授說。

「我為人一向光明坦蕩，沒有不可告人的祕密可言。」K哼了一聲，往椅背一躺說。

「可不可告人並非依照他人——也就是世俗的認定，世俗的道德判定下所謂的不可告人是罪惡的、醜惡的事情，但是每個人有自己認為不可告人之事，未必在此標準下，相反的，世人覺得淫邪的事，自己視為聖潔，或者自覺污穢的事，世人根本不介意，這不也是很常見的嗎？」教授說。

「說來說去，人無法不顧及世俗的眼光。」K陷入沉思。

一抬頭，忽然指著火山和萊德（雖然在黑暗中）大聲說：「但是這兩個傢伙怎麼說呢？他們一點也不在乎別人的眼光。」

眾人此時眼睛其實已經適應了黑暗，可以依稀看見其他人模糊的影子，但是火山和萊德似乎沒怎麼意識到自己成了焦點。

「是啊，我也挺羨慕這二人。」教授說。

說是羨慕，這種話隨隨便便誰都可以脫口而出，甚至會說「寧願和他們交換」這般無意義的空話，若是當真可以交換，一點也不想變成這樣的廢物吧！無論如何都會抱著自己優渥的社會地位不放，然後一面哀嘆被現實的包袱所束縛。

「像小慢和水電工應該也是不鳥世人的眼光吧？」K說，「否則臉皮怎會這麼厚？」

「要論臉皮厚，不能跟您比。但要說不鳥世人眼光，誰辦得到呢？嘴巴上說不在意的那些人，心裡才是特別在意，能夠真正不在意的，大概是腦筋短路的人吧？您說人是該活得傻而刀槍不入好呢，還是生得聰明卻在意過多呢？」小慢說。

「好問題……不，真是絕佳的問題。」教授說。

「我天生如此聰慧敏感，要想變成傻瓜也做不到。」托馬司說。

這正是K打算說的話，既然被托馬司搶掉了，自己只好用更高明的說法。「是的，像我們這樣的人，天性既不癡愚，卻要裝成頭腦簡單來面對這殘酷不仁又荒謬的世界，真要如此的話，咱裝瘋賣傻，不會變為他們那樣厚臉皮的傢伙，而是成了哈姆雷特啊！」

唉，如果說傻人無憂，那麼陷在苦悶憂慮和抱怨不滿中的世人，都聰明得要命啦！人要能過徹底無憂無慮的生活，究竟得傻到什麼程度呢？

# 35

「大家請安靜！我感受到了！」小白忽然大聲說。

這絕不是我自己的幻想，此刻的我十分清醒，確實有不尋常的感知出現了！

原本黑暗的眼前，浮現了既模糊又清晰的物事。

小白鬆了口氣，若是始終沒出現異象，那他可就顏面無光了。

有人向他走來，原來是萊德。搞什麼嘛！還以為是鬼魂咧！明明在開降靈會，就是會有萊德這樣不守秩序的人，擅離自己的位置。

萊德走近自己……你靠得太近啦……萊德在自己的大腿上坐下。真奇怪，他感受到萊德肉體的觸感，卻沒有感受到萊德的重量。

不對，這並非真的萊德。

難道是女鬼嗎？女鬼冒充為萊德的形象？

似乎也並非如此，這女人並非「萊德的形象」，他不是從她的臉、她的表情、她的身材辨認出她是萊德，與其說他確認的是她的形體是萊德，不如說她是萊德的「象徵物」。

他沒有聽到其他人的聲音，他四下張望，自己仍在旅館的客廳，他低頭看腳下的地板、牆上的壁紙、屁股下的沙發，這一切都很具體實在而清晰。但是他懷疑自己並非身處於現實中，這似乎更像夢境。

如果這是夢，那他是安全的，應該沒人看到萊德坐在他腿上。萊德不是真的，他無須恐懼萊德跟他如此過分親密是悖離倫常的。

如果這不是實境，他跟萊德做什麼都無所謂吧？在夢裡殺人既不用坐牢，也沒人會怪罪，沒有人會死，根本就沒有人會知道。夢境是不受道德拘束的，夢境是世俗的規範和眼光管不著、搆不到的地方。

這麼一想，萊德（的象徵物？）好似明白了他的心意般，變換了姿勢，改為面向他跨坐在他身上，胯下碰觸著他的鼠蹊部。

不不不！這實在太污穢太邪惡了，成何體統，這不是我內心深處的慾求，我發誓……（這是在向誰發誓呢？）何況，萊德那麼醜怪，沒有女人味，跟萊德做愛實在是丟臉到家的事，我怎麼會有這樣的慾望，無稽之談！

但是，這也不過是作夢而已，有什麼關係呢？又不是真的。陽具勃起得讓人難受，迫切想要插入女人的身體，那是完全肉體性的、感官的知覺，這知覺非常真實，而且強烈，實在是不可思議。小白自認是排斥肉體之愛的……什麼肉體之愛？那不過是肉體的運動罷了！與愛這個字根本徹底無關。而肉體的交合是醜陋的，粗俗且不衛生，人如果一輩子都不性交，理所當然也能好好活下去。但此時肉慾的渴求是如此強烈，根本管不著原來那些自認堅持的想法了。

會不會這並不是幻夢呢？萬一其他人都在觀看，此時他確實和萊德正在做愛呢？那豈不糟了？

唉啊，什麼時候他的陽具真的已經進入萊德的身體了，他怎會做出這麼大膽的事！不不不，這太無恥了，天理難容，就算是幻想也應該加以中止。但是他正在享受那性交的快感，這快感是如假包換的具體而實在的感受。

由於現實裡他還是處男，雖然也自慰過，但與跟另一具身體做愛的感受必然有所不同，這幻夢裡做愛的感受，究竟與真正的性愛有多少雷同呢？

不管怎樣，這等難能可貴的滋味，實在不想放棄……等等，就算周圍的人看不見他現在這既猥瑣又荒誕的淫行，他們還是看得見他勃起了吧？那怎麼成！……

再冷靜一想，也未必，黑暗之中，就算看得見大致的形貌輪廓，也看不到這麼細微的部分。何況他衣服都還穿得好好的……

哎呀，什麼時候他脫光衣服來著了？他竟是赤身露體的狀態。究竟他是在幻境中赤裸，還是真的在現實裡也脫個精光了呢？嗚……這樣毫無廉恥地在眾人面前裸露，以後還要不要做人哪！

另外一個男人不知從哪兒冒了出來……話是這麼說，來得不算突然，方才他的內心正想著若有個男人也加入就更妙了，但這樣放蕩的想法他連面對自己也是不願承認的。

不承認歸不承認，眼前出現了男人帶來的驚喜是事實。那男人亦沒有面貌，像是立體的影子。他覺得他是萊德以前那個男友，但是也不怎麼確定。可能那人誰也不是，只是街上走來的隨便一個男人，或說，一個男人的「象徵物」。

他知道自己的內心慾望這男人加入性交，這也是個可怕的念頭，不過他在夢境裡是安全的，不會被人知道，沒有任何需要承擔的後果，既不受他人評價，甚至不受自己評價。他會譴責自己在幻境中放任自己做出這種大膽淫猥的行為嗎？他弄不清楚，他帶著朦朧的困惑，但他也承認這當中確實有著放任，的確，即使在夢中他也為淫行感到可恥，但要說即使在夢中也管束自己，未免可笑。較精確地描述他的心境，與其說是在虛偽的道德與真實慾望的不道德間掙扎，不如說他壓根不能理解什麼潛意識裡真實的慾望這古怪的東西打哪兒來的。

作家K說那二鬼是被禁忌所追逼而逃遁至此，而那二鬼（應該說還是人的時候）的激情也是因禁忌而催生而維持，反過來說，禁忌若不是禁忌，那就沒有逃遁的必要，激情也不可能誕生。那二人是逃遁到人世間的隱匿之處，他現在是逃遁到非人界了。這麼一想，他的逃遁是更幽深的逃遁啊！現世裡還找不到他能隱匿處呢！因為現世裡他要逃避的不只是他人，還包括他自己，這連他自己也未覺察。

而在這懸置於非人世的玄密處，禁忌插手的力量也微弱了，現實中因生於禁忌或壓抑的反彈而加倍點燃的刺激感，在這幻境中是不明確的，所有的感覺都是更純粹的、簡化的。

他知道男人的陰莖進入他的肛門裡，也感受到性的快感，但那也類似「快感的象徵物」，因為現實裡他沒肛交過也沒試圖把什麼東西放進肛門來自慰，因此全然不知那感覺。於是幻境裡肛交的快感是抽象的，但你要說那不具體不真實嘛，快感這愉悅的覺知卻是很真實的，真實到他差點因為過分舒爽而流出眼淚。

才這麼想，他真的已是眼淚盈眶的狀態。完了，這下子四周的人一定會疑惑他為何哭泣落淚，他該說什麼藉口呢？

隱約間他意識到自己脫離了那幽幻夢境，可說是「清醒」了過來，也不過是須臾間。他以為自己是哭著醒來，但立刻摸摸臉頰，眼睛和臉面都是乾燥的，沒有淚痕，全無哭過跡象。

果然萬幸，無人覺察他方才有什麼異狀，他甚至懷疑他所經歷的像是短暫又似乎漫長的時間，在現實中只是剎那。耳邊響起夢雲的聲音：「什麼嘛，時間過了這麼久，也沒鬼魂現身的跡象。」

「不，方才我已與他們交手過了。」小白沉穩地說。

「啥？我們竟不知道，說好大家坦誠相見，你這傢伙卻來暗的。」水電工說。「你和兩鬼偷偷摸摸說了什麼？」

小白咳了兩聲，陷入深思狀。「這該從何說起呢……我與他們並非進行了談話，而是……而是一種意念的交流……」

「你已知道兩鬼的死因了？」教授問。

「不盡然……」

「那你們在交流什麼？」水電工問。

「這種精神上的事情你懂個屁，你的腦子裡就只有色慾而已。」小慢插嘴嘲諷道。

此時眾人還在朦朧黑暗中，自然看不到小白面紅耳赤的表情。

「不管怎樣，這降靈會顯然不怎麼有意義。我還以為降靈會這種只有女人有興趣的事必然會充滿通俗又誇張的爆點，誰知如此無聊。」水電工說。「依我看鬼魂和小白你根本沒進行什麼意念的交流，一切只是你的幻想而已，你老愛沉醉在自己腳跨人鬼交界的大夢，實在該清醒了。」

小白心中一驚，水電工說的雖然是一如其往常風格無甚特別的話，此時卻是一語道破。

雖然是暗黑中莊嚴肅穆的降靈會，但眾人仍神不知鬼不覺地偷倒酒瓶裡的酒來喝。

「我就直說了，不知這事是否有個通融的餘地？」

水電工說的是關於系統演化學等科目能不能通過的問題，畢竟這是當初來此的目的。

「不可否認我們幾人在此遭逢奇遇，是難得可貴的，人家說啊，一群人懷抱相同的理念共生死的經歷，期間所滋生的，就叫做革命情感，咱們之間現在不就有這樣的情愫嗎？實在不應該用世俗那些庸碌無聊的事情來相逼，未免太煞風景、傷感情了。」水電工頭頭是道地說。

小慢冷笑，「本來依照你那《色戒》的腳本，你是志士，教授不就是敵人嗎？怎麼跟你跑出革命情感來了？」

「什麼《色戒》的腳本？」教授問。

小慢乾脆地抖出與水電工三人原先設計的謀略。

「我是梁朝偉？哎呀，這實在讓人有點擔當不起。」教授說。

「您這麼說太客氣了，由您來重新詮釋梁朝偉詮釋過的角色，不做第二人想，您倆氣質相仿，再適合不過。」

不知是否幾天下來耳濡目染，水電工也情不自禁感染了幾位中年人節骨眼上不能自拔地打官腔的調調。

「哈哈哈，我若照《色戒》的劇情演，那結局顯然不會讓你和小白的分數通過嘛！你倆應該是死當才對。死當喔！碰碰碰地槍斃。」

「嘻嘻，真的是這樣哩！我倒沒想過。」

這般對話，當然是因為此二人酒意未消的關係。

小慢原以為教授得知三人陰謀會驚訝或震怒，沒想到卻如小丑一般嘻嘻哈哈，實在叫人失望。但接著一想，她都打過教授的光屁股了，還要怎樣把他當作值得敬重的人呢？

打過教授的屁股，跟教授間的關係是否就起了變化？這實在是很微妙的事。

之前她想到可以拿這件事來威脅教授，但教授若是抵死不認，她也沒輒，搞不好反被控為毀謗污衊。她忘了用手機偷拍，覺得自己秉性也是過分良善，缺乏陰險的才能。

但這也是合情合理的。她對人生的看法很簡單，一點也沒興趣去憤世嫉俗地想人心的複雜和人際關係的險惡，那是非常多餘的事。在她認為，想要什麼就要得到，且是越快得到越好，如果想要的東西得不到手，人生就有匱乏之感，不滿足，人生就不完美。

當然，有幾人認為自己的人生是完美的呢？但她不是任性的人，想要的東西，不是別人給你，就是自己去掙，她是相信自己想要的東西自己是一定可以掙得的，想要卻靠自己掙不到的東西，只會徒然令人對人生對世界憤怒而已，算不上好東西。

同樣的，別人認為重要的事物，若她不這麼覺得，那件事物便不重要。這應該是理所當然的事情吧？但世人卻不是這麼想，總要所有人把什麼事是要的、什麼事是不重要的一致化。

「我想到了一個主意。」夢雲開口。

「電視劇裡，警方在推理凶案發生過程時，不是會模擬犯案嗎？我們何不來試試看？」

「好點子，你如何想到的？」教授問。

「方才我聽你們談《色戒》，我便靈機一動。說老實話，我年輕的時候也想當女演員，我還上過台視演員訓練班，當然啦那是我還是小女孩的時候的事。女間諜那角色我也能演，正巧我也有陣子沒刮腋毛了哩！那是因為嫌臂膀粗，不愛穿無袖的衣服了，既然不露腋下，也免剃毛了，免得腋毛越長越粗。」

「萊德也不剃腋毛，所以萊德也可以演嗎？」火山問。

萊德舉起手臂看了一下自己的腋下。「很濃密噢，又多又捲。」萊德說。

「那不是跟我的頭髮一樣？」火山面帶笑容說。

「腋毛不會越剃越粗，我每三天剃一次，也沒變粗。」小慢說。

夢雲沒搭理。「我倒是不覺得教授跟梁朝偉有什麼像，我本人嘛，跟湯唯也不是同路數，我比較像劉嘉玲。不管怎樣，既然模擬演出是個點子，咱們就來進行，不消說由我飾演女主角，由誰擔任男主角基本上我沒意見，跟教授搭檔我是沒問題的。」

小慢正要開口，夢雲立刻打斷接著說：「我來此的路上，腦中浮現阿部定的影像，那時我便深深覺得自己是阿部定的化身。可以說我是以阿部定之姿來此的。而住進這旅館，竟遭逢殉情案件糾纏，這能說不是天意嗎？我不得不相信鬼魂召喚我來此，就是為了讓我來飾演阿部定這個角色。」

「現在還不確定這是否是殉情事件。」教授說。

「不，我有感覺一定是。總之，如果進行模擬，將有助真相大白。」夢雲說。「那麼，教授是否肯賞臉出任男主角呢？」

「恭敬不如從命。」教授說。

「等等！」小慢大聲說。「此間最適合擔任女主角的應該是我吧？明明是模擬這一男一女的死法，卻說是要演阿部定殉情，也罷，演阿部定也成，若是演阿部定，更非我莫屬，因為，要勒住教授的脖子，可非得我來幹不可。」

# 36

「只是模擬辦案要什麼全裸？」小慢說。

「全裸是這個凶案很重要的線索吧？唯有真的全裸才能實地揣摩當時的情境以及人物的反應。」水電工振振有詞說。

「水電工說得有道理。」教授說。

「什麼？教授願意全裸上陣？」

「梁朝偉那樣偉大的明星都不拘泥了，我的犧牲又何足掛齒，這都是為了挖掘真相。」

「教授真是通曉大義。相較之下，小慢就太扭捏了。」水電工說。「這樣吧，誰願意脫就由誰來演……再者，既然要揣摩真相，就揣摩到底，恐怕以真槍實彈為佳，那大島渚的《感官世界》不就是真槍實彈詮釋的嗎？與其說是為了藝術，不如說是為了真理。」

「要真槍實彈，你自個兒跟這半老徐娘上吧！」小慢翻白眼說。

「哇噢！A片，我一直想拍這個。」萊德突然放下攝影機說。

「真妙，我也覺得那樣很酷。」火山說，「拍A片實在很酷。」

「可是我們是紀錄片工作者。」萊德說。

「那有什麼衝突？」火山說。

「到底還要不要模擬辦案？」夢雲問。

「我看，也不必全脫，脫個意思到了就好。」教授說。

既然教授這麼說了，其他人也就沒有別的意見。於是，教授只著內褲，上半身打著赤膊，小慢則是穿著內衣褲。

「好的，現在假設這就是案發現場，」教授說，指著沙發，「我看，就把這張沙發當作兩人陳屍的地點。」

說著，自己便往沙發一躺。

「直接躺了？不先說點什麼？」小慢說。

「A片不需要劇情。」水電工說。

「我覺得有劇情比較好玩。」萊德說。

「這不是在玩。」夢雲說。

「不是在玩？那是在做什麼？」萊德不解。

「我也覺得有前戲比較有味道。」K說。

「這是在模擬案發經過，在辦案，你們幾個白癡不要搗亂。」夢雲不耐煩地說：「虧你自比什麼福爾摩斯，簡直是笨瓜。」

小慢未搭理這些人的話，突然開口道：「今天我跟你來到此地，可說已經沒有什麼好在乎的事了。」逕自入戲起來，在沙發前踱步。「原以為我本就不是在乎那些世俗的看法的人，現在想想，我視愛為無聊的東西，錢我也不當一回事，說是隨興生活，其實不是很可憐嗎？那麼我追求的到底是什麼呢？」

忽條她跪坐在教授身上。

「我也不在乎死，還不就是一條命，你有這種覺悟嗎？做下不可饒恕之事要付出的代價。」

「有什麼事情是不可饒恕的？」K忽然說，「很多國家都把死刑廢除了。」

「你不要插話，現在正是重演當時情境，你又不在場，沒你說話的份。」小慢說。

接著轉過臉對著教授：「你害怕了嗎？」

此時小白開口：「真正陷入瀕死的陰陽交界，不是害不害怕的問題，而是選擇的問題，那選擇的作出必然是有依據的，就是對生的意義的意識是否足夠。人思考活著是否有意義，並非玩弄語言遊戲，也非只有哲學關心的話題，一個人喪失對只有活著的狀態才能感受的意義的需要，就會死。」

「攪什麼局啊？你們再囉唆，戲怎麼演得下去。」小慢說。

「一面演一面推敲，才能理出真相。」小白說。

「我覺得很有趣。」火山說。

「不說這些廢話，直接進到重頭戲了。」小慢不悅地說，伸出兩手勒住教授脖子。

「唉唉，床戲怎麼沒有？」水電工抗議。

「這不就是床戲？」

「我是說那個呀！要說重頭戲，當然是性愛的部分。」

「重頭戲是死，不是性。」

「這話真雋永。」K說。

「用力點，別手下留情。」被小慢勒住脖子的教授說。「哎呀，好極了……再多使點力……痛快，真是……痛……快……」

小慢勒住教授的雙手絲毫不放鬆，手指關節都發白了，教授像隻熱天的狗吐出舌頭。

「還沒……還沒……可別放手。」教授微弱的聲音說。

「還沒是什麼意思？還沒死還是還沒高潮？」水電工說。

「死就是高潮。」小慢說。

好似某種不得了的事將要發生，眾人屏息以待，門鈴聲卻在此時壞了好事。

托馬司不情願地去開門。

走進客廳的是位溼淋淋的老太婆，表情駭人。

老婦進門抬眼一望，便衝向躺在沙發上滿臉錯愕張著闔不攏的嘴的教授。

「你竟然讓自己的老母親三更半夜大風雨中冒著生命危險來到這荒蕪人煙的鬼地方，人世間的不孝再也沒有比這更可怕的了，我若是一命嗚呼在這路上，你怎背負得起如此大的罪惡？」

「您怎可能在路上葛屁？您的生命力就是海裡的烏龜也無法相比。」

「海裡的烏龜？應該是海龜吧？聽說大海龜可以活三百年，長得像鯨魚那麼大。這麼說的話，最了不起的應該是尼斯湖水怪，從恐龍時代活到現在吧？怎麼說也有幾十萬年，說不定有幾百萬年，三百年的烏龜算什麼。」K喃喃說。

「雖說海龜能活三百年，但其實烏龜也能活那麼長吧？只不過是活在陸地上，很容易就被宰來吃了，還是活在海裡好，海裡的東西都能長得比較大，因為空間是無限制的吧？」水電工說。

「什麼烏龜跟海龜？你們這些人在此進行什麼非法勾當？太可怕了，竟然要取我寶貝兒子的性命，兒啊，你不要怕，你阿母來救你了！」教授母親撲倒在教授身上哽咽地說。

不過動作聲調雖像哽咽，但實際上並沒有眼角泛淚的跡象，似乎有做戲嫌疑。真不可思議，又不知道先前此地正是在演戲，竟然就能自動融入。

「沒人要殺我，這只是做假動作而已。」教授說。

「兒啊，你差點就一命嗚呼，你要是去了，叫母親我怎麼活得下去，我必定也要追隨你而去……」

「唉呀！真相大白了，果然模擬犯罪是有效的，將我們推導到之前想不到的結果來，那兩鬼還真是母子。」K說。

「但有一事不符合，他老母衣衫整齊，沒脫。」水電工小聲說。「不過說老實話，我並不想看她的裸體，這對年長者太不敬了。」

「我說了這裡沒人要殺我，您甭窮擔心。」教授對母親說。

「你不用替那個小賤人說話，」教授母親回過頭抓住小慢的肩膀，「果然是隻狐狸精，眾目睽睽下公然勾搭我兒子，還想對他霸王硬上弓。」

「開什麼玩笑……」

教授母親揪著自己心口表情難過地說：「我的心臟，唉喲喂，我的心臟噢……你竟然在這女人面前赤身露體，你自小阿母替你洗澡，洗到十三歲，從那以後阿母就沒見過你的裸體了，你在阿母面前惜肉如金，現在卻隨便脫給別的女人看。」

「您誤會了，不是我故意不給您看，是……是人家覺得害臊。」

「唉呀，說什麼傻話，你是我兒子，害什麼臊，這麼說太見外，以後不准這樣。」

小慢覺得自己沒興趣去嘲弄七老八十的婆娘裝少女的怪誕，便轉而向教授開口道：「原來教授是戀母情結。」

「啊，也不能這麼說，」在沙發上躺著的教授趕緊坐起來。「我確實對年紀大的女人較有感覺，但不是我母親這一型的。」

「我明白了，」作家K點頭說，「您在成長過程中想必母親扮演重要的角色，讓您認同母親這樣的原型的女人，但不是您的母親。而您的母親可能與您心目中母親的原型是有出入的，因此您愛戀年紀大的女人，而且是母親型的女人，但並非針對自己的母親。」K眼睛半睜，似乎開始睡眼惺忪，搖晃著腦袋說。「所以，並非是亂倫的想像，即使是亂倫也是夢幻的，與自己心目中的完美母親形象的亂倫。」

「你在說什麼？竟挑撥我和寶貝兒子之間的感情，誰說我不是我兒子心目中完美的對象？真可惡。」教授母親回過頭，狠狠打了坐在沙發上的K的腦袋一下。

「您老的心臟沒問題了？我看你蠻帶勁的嘛！」K小聲說。

「還有你，還不快把衣服穿好，在這兒袒胸露腹搔首弄姿，寡廉鮮恥極其不雅。」教授母親對小慢斥道。

原本是因朦朧的酒意與眾人爭鬧了大半夜的亢奮，小慢不覺自己僅著內衣褲有何羞赧，此時跑進一個「外人」，本是該起不自在的困窘之心，但因對方是如枯木般老朽又把自己視為敵人的女人，小慢反而對自己的肉體產生傲慢，不但坦然之至，甚至帶炫耀意味地抬頭挺胸起來。

「本來我是這裡的女人中最老的，但現在是你登上這個寶座啦！嘻嘻。女人年華老去是悲劇，再怎麼自恃，終究是一步步走向夕陽，到底應不應該同意這樣的說法呢？」夢雲欺身上來聲音沙啞地說，她的嗓子本來就低沉，此番聽起來活像個男人的聲音，讓人想到人妖。

「你怕死嗎？你一定也怕死吧？」

「你說什麼？」教授母親被夢雲詭譎的氣勢所逼，縮了一下脖子。

「這兒是死靈遊晃之地，殉情的所在，你聽過阿部定沒有？人終歸一死，怎樣的死法最讓人滿足？你有沒有想過在高潮中死去？人家說欲仙欲死，太過快樂的時候人會想死吧？那究竟是什麼滋味？你不想知道嗎？」夢雲說。

「我聽人說，科學家調查的結果，女人一生達到兩百次的高潮可以長壽。」K說。

「一生兩百次高潮？如果以二十歲到七十歲一共五十年來算，我看看啊……一年五十二週……那麼就是每十三週……也就是每三個半月一次高潮……這未免太讓人驚異了。」水電工說。

「你說的驚異是覺得太多還是太少？」夢雲問。

「呃……？」

「在守寡的貞潔女性面前說這樣的話真是失敬！」教授母親斥道。「丈夫死後，我可是至今三十多年守身如玉。」

「唉呀——呀——」K長嘆一聲。

酒醉初始的鬆弛與卸除壓抑的亢奮消退，繼而是困倦，現在半清醒，變得消沉起來。

「我曾說的殉情之美，是留駐青春與愛慾的顛峰，但若殉情的兩人，一人死去，一人沒死成卻留下了呢？那麼對留下的人來說，那是美麗還是醜陋呢？」K搖著頭說，「我本領悟了生的激情，那是相對於死之生的純粹性帶來的激情，可是現在我卻恍然明白，我就像那被留下的，是死去的美的對照，是衰敗的象徵，是被美麗所拒絕的象徵。」

K的哀愁沒什麼人注意，他又繼續說道：「原本我以為聽到的是生命歡愉的鐘聲，沒想到這位老寡婦的出現，不啻為我敲響了一記喪鐘。」K遲緩地站起來，扶著教授母親的肩膀說：「對我而言，你就像穿著喪服的，厄運的命運女神。」

「莫名其妙的男人，在此瘋言瘋語，」教授母親推開K，K屁股著地地摔了一跤。

K發出殺豬般的慘叫，「痛哇！痛哇！剛才已然傷到了腰椎，還是尾椎？不管了，現在又被如此對待。暴力！這個世界是殘酷的！是暴力的！吾人孰能抵擋啊！」

K橫在教授母親與教授坐著的沙發之間，把正要傾身靠近教授的母親絆倒在地，教授母親趴在K的腿上，上半身靠向沙發以半哭的聲音喊道：「近朱者赤，近墨者黑，你與這些不三不四的人攪和在一起，今天脫了上衣讓發春的年輕女人勾引，明天就會裸露下體和蕩婦在街上嬉鬧了，那是怎樣可怕的事情！你父親生前是多麼正派的男人，走路目不斜視，女人掉到水裡也不會不顧禮數相救，沒想到你卻變成這樣苟且的人，上天捉弄，你自小乖巧，是不折不扣的正人君子，都是受了壞朋友的影響，你父親地下有知你結交這些狐群狗黨，衣冠禽獸，一定死不瞑目，不，說不定會從墳墓裡爬起來……」

「那不是很好？想必您很想念死去的丈夫。」小白說。

「啊！當初丈夫拋下我死去，我是多麼無法接受，好不容易看清人死不能復生的事實，我一心就只有這寶貝兒子，沒想到如今也要離我而去。若是為了別的原因拋棄我也就罷了，竟然是受了這些邪魔下流之人的誘惑誤入歧途，說什麼我也無法原諒。我早就下定決心，不讓任何人從我手中把兒子搶走，大家閨秀也好，良家淑女也好，我都要她們好看，嗚——萬萬沒想到兒子會看上妖怪般的女人。」

「什麼妖怪般的女人，你才是妖怪。」小慢說。

「可惡，我要收拾你，我要為民除害，把你們這些人間的害蟲都推下地獄。」教授母親說道，站起身來撲向小慢，小慢躲開，兩人追逐著。

「老的怎跑得過小的呢？人世的規律是現實的。」K還坐在地上，搖頭說道。教授母親和小慢若非從他身上跳過，就是一腳踩在他身上。

「走開啦，醜八怪別擋路。」小慢說。

「人生是無謂的，唉呀，世人說人生是無常的，彷彿這樣說便道盡了人生的殘酷，殊不知人生是無謂的，這才是殘酷啊！」K說。「這麼說，因為我已麻木……我說的是精神上的麻木、心靈上的麻木，屁股還是痛的。」

「容我複誦您這句話，人生是無謂的，這才是殘酷。太高妙了，就是這樣，所以我才要逃離，逃離人生的殘酷，人生沒有壓迫我，但是人生的無謂就是殘酷的，再也沒有比這說的更好的了。」托馬司說。

「真是應聲蟲。沒用的男人，全是一些廢物。」夢雲說。「噢，我捫心自問，究竟為何跟你來此，這究竟是追尋自我的旅程，還是逃避自我的旅程？」

「托馬司先生，您聽過樹海自殺嗎？」K說。

「樹海自殺？」

「那日您在樹林見到我，我就是要去樹林裡上吊自殺……」K說。

「像你這種人，才沒膽自殺。」夢雲說。

「誰說的？你這看不起男人的女人，也不過是個酒女而已。誰說我沒膽自殺，我等會兒死給你看，但現在讓我把話說完……我說到哪兒了？」

「您說樹海自殺。」

「對啊，消失在樹深不知處，世界上無人知曉。」

「那就是人間蒸發啊！那不就是我做的？我遠離塵囂來此，就是人間蒸發，那就是某種形式的樹海自殺。噢不，我再也忍無可忍，鋼鐵般的我再也無法克制自己不流淚。」托馬司說著嚎啕大哭。

什麼鋼鐵般的你，先前早不知哭了幾次嘛！

「靈魂出體何嘗不是一種逃離？說來說去，也是出於我對人生的恐懼。」小白說。

「你恐懼什麼？」夢雲問。

教授母親果然體力不及年輕少女，喘息了起來，於是開始抓起隨手觸及之物朝小慢丟去。

「你對我窮追猛打有啥用？我可沒興趣勾引你兒子，」小慢邊閃躲邊高喊，「是他要我打他的屁股、勒他的脖子的，我還不情願咧！」

「什、什麼？我這心肝寶貝可是從小一根汗毛我都不讓任何人碰，連蚊子停在他臉上我都捨不得打，你，你竟然會做這樣惡毒的事，我今天絕不會饒過你這個魔女，下地獄去吧！我一看你那張臉就討厭，從第一眼看到就討厭啦！我心想兒子怎會帶這樣夭壽的女人回來，真是瞎了眼，如果媽媽不在旁邊保護你的話，一定會被這個女人吃乾抹淨。唉呀，慢了一步，休怪媽媽，讓你吃苦了，媽在這兒收拾這個女人，你放心，我一定會修理得她哎哎叫，跪地求饒，不讓她輕鬆走出這屋子大門。」

小慢跺著腳叫道：「教授你不說句公道話？任由我平白受辱？我這可是天大的委屈啊！唉，要求您大公無私無異是太過奢求，她畢竟是生你養你的母親，人都是胳臂往裡彎的，就忘了公理是什麼，雖說誰是誰非可是一清二楚，但又有什麼辦法？」

「她剛才說打屁股和勒脖子噢，那真有趣，你要不要試試看？」火山對萊德說。

「小白以前常常挨揍，他好像不覺得有趣。」萊德說。

「那應該不太一樣。」

「怎樣不一樣法？」

「因為小白不覺得有趣嘛！」

「說得也是。你覺得死掉以後又活過來很酷嗎？」

「為什麼要死掉再活過來呢？一開始就是活的，後來也是活的，不是很好？」

儘管一老一少兩個女人又打又吵，其他的人視若無睹，各自有自己的愁煩，旅館老闆托馬司還在哀嘆叫做「人生」的東西既空無卻又壓迫人，作家K頻頻頷首，連小白也深思著同意。

「為什麼？我覺得一切都挺不錯的，」火山說著，和萊德對望一眼。「今天真有趣，昨天也是。」

萊德點頭。「前天和大前天也不錯。」

「世界上除了笨蛋，還有怎樣的人不會在乎別人的眼光，也不會憂慮什麼事情該做什麼不該做，既不怕遭人詛咒，也不知感受人間的無情？」夢雲說。「你們兩個知道嫉妒為何嗎？會欲求不滿嗎？曾經抱怨人世的不公嗎？什麼樣的事情會讓你們感到痛苦和悲傷？」

「肚子餓？」萊德說。

「冰箱裡還有剩下的烤肉我去拿來。」

「哇噢！好棒。」火山說。

「果然是笨蛋。」夢雲說。

「我不同意。餓了就吃，睏了就睡，聽起來像動物般，過著頭腦簡單的生活，但這其實就是生命的原貌，生命的原點，我想通了，我應該從這樣的原點開始。」K說，「從今天起，我要加入你們，我要採取跟你們一樣的生活方式。我要成為跟你們一樣的人。」K走過去，和萊德與火山握手。

火山先是錯愕，又望了萊德一眼。

「哇，你真的好厲害噢，你怎麼知道我和萊德想做什麼？」火山說。

「我不知道你們想做什麼。」

「可是你說要加入我們。」

「我說要加入你們，就是因為我豁出去了，我不在乎你們要做什麼，做什麼都可以，事實上，之所以說要加入你們，就是知道像你們這種笨蛋不會做正常人做的正常事。」K說。

火山望著K呆了半晌，K一時還以為說得過於嚴重。沒想到萊德接著說：「我們打算來拍A片噢，很棒的點子吧？我剛想出來的時候，我們兩個都覺得怎麼想得出這麼好的主意。對吧？」萊德笑著，「你是作家，你可以幫我們寫劇本。」

「我？我寫A片的劇本？」K說。

「是啊，那一定會很酷。」火山說。

換作K表情茫然了幾秒鐘。

「了不起，真是了不起。」K說。

又沉思了一會兒。「果然像我這樣的人，終歸無法在現實中體現我所有的慾望和想像，我是一個只能在紙上成就我的思考結果的人。」

K哈哈大笑。「唉呀，說起來這不是悲哀嗎？這一趟旅行，首先我看透了過去的我的種種成見，了解了活著該是怎樣一回事，下定決心展開新生，我要徹底揮霍本能，我要過淫蕩的生活，我要拋棄那害人不淺的羞恥心，到頭來，那是一場空，那是無法實現的，我就只能在紙上撒野。不過，又怎樣呢？好！就這麼辦，A片劇本嗎？沒問題，我要把我所有大膽妄為的幻想都灌注其中。」

「好棒，我就說吧！這一定很有趣。」萊德說。

托馬司把烤肉拿了來，火山高興地說：「托馬司要不要試試演A片？反正你是躲在山中丟棄身分的人，既然拋棄過去，就拋棄得徹底。」

「什麼？A片的男主角嗎？未免強人所難，我已經不知多少年沒有那個了呀！實在難為情。」托馬司說。

「難為情？我有沒有聽錯？像你們這樣毫無羞恥之心的人，居然也有難為情的時候嗎？可真笑死我了。」教授母親說。

「沒想到你一面和小慢的追逐扭打居然還同時在偷聽我們的談話。」水電工讚嘆道。

說罷一個酒瓶便砸了過來，水電工及時閃躲過。「誰在偷聽你們說話？是你們的臉皮厚，毫無遮掩，就像颱風天從下水道湧出的髒水，不想聽也硬是灌進耳朵。」教授母親喊道。

「無論多久沒做都還是做得起來，就像一旦能騎腳踏車或者游泳，再久沒碰只要一試也能馬上自動辦到。」火山說。

此時夢雲站起身要去倒酒，剛好介入小慢和教授母親中間。「你想重新騎上腳踏車嗎？」夢雲以一種神祕的口吻問教授母親。

「這真絕，你們會用日本的AV女優嗎？如果不拍到我的臉，我可以上陣。雖然我那個很大，形狀和顏色也挺好，說起來是很上鏡的，所以綽號才叫水電工啊！但是全裸入鏡沒關係，全臉入鏡就超過我的尺度了。」水電工說。

「你這早洩的宅男，人家拍A片少說要做個四十分鐘，你撐不了四秒。」夢雲說。

「恭喜你有機會脫離每天打手槍的生活，但那是開玩笑的吧？什麼拍A片，我看是隨便說說。」小慢說。

「不是隨便說說，是很認真的，我和萊德仔細想過了，這件事有什麼辦不到的呢？那很酷，實在超酷的。」火山說。

「當然不是開玩笑，我的腦中已經浮現好幾個劇本的畫面了。」K說。

「小白也可以來演。」萊德說。

「世界上哪有姊姊叫自己的弟弟演A片的。」小白說。

「為什麼沒有？」萊德說。

「白兄弟要突破心防，這對你是很好的，要是我生得如你，我也親身上陣了，喔不，我就不會淪落到靠A片來滿足幻想，早就在現實的人生左右逢源了。不過，光是一張臉和挺拔的身材還不夠，那個還要夠大，尤其是演A片，怎麼能小呢？白兄弟你那個還拿得出去吧？」K說。

小白臉紅了起來，「還，還可以啦！」

K嘆了口氣。

小白正欲開口，只聽得教授母親尖銳的聲音：「你休想從我身邊搶走我兒子，你這個小妖婦，與其眼睜睜看你糟蹋我兒子，不如先下手為強，我，我要報警讓警察把你抓起來，不，我要把你推到山崖底下去，不不不，我把你剁成碎片……」教授母親發出好似哭泣又不像是哭泣的嗚嗚聲，一邊跺著腳，「我要用炸彈把這房子炸爛，殺光你們全部，就算是同歸於盡我也在所不惜。」

說罷便舉起茶几上的金屬雕像，以一個近七十歲的老婦來說，可真是驚人的孔武，雕像本是往小慢的臉上砸去，但小慢閃開了，不偏不倚打在小白頭上。

小白昏了過去……不，是死了。躺在地上血流滿面的小白，停止了心跳和呼吸。

「唉呀，這可怎麼是好？」夢雲驚慌地說。「趕緊叫救護車來！」

「沒辦法，一整天電話都不通，不知道是怎麼一回事。」托馬司說。

「趕緊施以人工呼吸和CPR急救，現在還來得及。」K說，卻沒有任何動作。

「雖然經常在電視上看到，實際上卻不會做。」水電工說。

「你們竟然說得出這麼絕情的話，他可是死了耶，你們竟然眼睜睜看著他死。」夢雲說。

「這裡又不是只有一個死人，我已經習慣了。」托馬司說。

「小白不是第一次死，等會兒他就回來了。」萊德說。

「白兄弟請務必要重回人世，咱們還要你加入咱A片事業的陣容。到時候肯定幫你量身定做寫劇本，讓你成為A片界的明日之星。」K說。

「大師，可否也為我量身訂作？雖說A片不需要什麼劇情，但偶爾有些內心戲也不錯，對增進我的演技想必有所助益。」水電工說。

「你又拍不到臉，要什麼內心戲？」

「光用肢體語言也可表達內心戲，真有實力的話，光用那話兒就能表現出內心戲啊！」

教授母親絲毫不覺察自己失手殺人，只顧抱著教授流淚。

「小時候您不讓我離開您身邊，放學後也不能跟同學出去玩，不能上同學家作客，不能看電影也不能到街上晃，不能和女孩子來往，畢業旅行也不能去……我好痛苦，但又不願讓您難過……。」教授哽咽地說。

「你爸丟下我，連你也要丟下我，你恨我，你不愛我了，我半夜醒來發現你不見了，就知道你要拋棄我，我好不容易找到這裡，我要把你帶回我身邊，但是你的心已經拋下我，嗚……我要去死，說到做到，用不著攔我，立刻死給你看。」教授母親說。

「不不不，我怎麼會拋棄您，我從來沒有那樣的想法，您錯怪我了，我對天發誓。」教授說。

「那你為何連續兩晚溜走？」教授母親仰起淚眼汪汪的臉問。

教授解釋沒有回家是因為旅館發現屍體的事。

「屍體？凶殺？殉情？鬼魂？你當我是三歲小孩那麼好哄？要編造謊言也編個像樣的，這麼可笑的故事，你尋我開心嗎？」教授母親板著臉說。

「是真的，不信您到閣樓上的房間一看便知。」教授說。

於是便帶著母親上樓。

閣樓的門沒鎖，事到如今也沒什麼好鎖的了。兩具血淋淋的屍體果真躺在那裡。

教授母親向前走近了看，不僅是到處仔細看了半天，還從小包裡取出老花眼鏡湊近了瞧。

「這人是你爸。」她宣布。

「什麼？」

「你爸死的時候你還小，我沒告訴你真相，我說你爸是車禍身亡，其實不是。」

「嗄？那麼阿爹是如何死的？」

「你爸是個一絲不苟的公務員，每天從鄉公所下班後都準時回家，可是有天到了大半夜還沒回來，他從來不會不說一聲就晚歸，果然是出了意外。我擔心得要命，深怕他是出了車禍。隔壁賣草蓆那家的兒子的妻舅是心臟病發死的，坐在公車上忽然發病，送到醫院早就一命嗚呼，我也怕你爸是心臟病。雖說要擔心我還該擔心的是我自己，我老會心跳不舒坦，你知道的，你爸呢，從沒聽過他心臟有什麼異常現象。結果他既非車禍也非心臟病發作，他是被人殺害。」

教授大驚。「被人殺害？」

教授母親點頭，「在返家的路上遭人殺害，棄屍田野裡。警察來調查的時候，硬是問你爸是否曾與人結仇，你爸那種個性，是個軟腳蝦，說的好聽是與世無爭，說的難聽是膽小怕事，窩囊廢，怎可能和人結仇？後來傳來接二連三的凶殺案，幾個月以後凶手被逮捕，據說殺害了五、六人，全都是素昧平生，簡直是莫名其妙。如果是得罪了什麼人也就算了，偏偏是碰上神經病，你說氣不氣人？我啊，哭了足足一個月，嚥不下這口氣，覺得命真苦，人生真是充滿不幸。在這種倒楣又悲慘的情形下，含辛茹苦把你撫養長大，你說我這為娘的……」

「那麼旁邊那女子是誰？」教授問。

教授母親瞄了女屍一眼，「另一個遭殺害的人，鄰村的，跟你爸不認識。當年報紙都有登，這女人是護士，死的時候好像才二十二歲。」

「他們兩人的屍體為何會出現在這裡？」

「我確定他兩生前不相識，你爸沒這個膽不說，沒有女人會看上他，這點我跟你打包票。」說著教授母親上前踢了床一腳。「你這傢伙活著的時候頂老實，沒想到死後卻偷腥，做鬼可風流起來，虧我給你守寡這麼久，受盡委屈吃盡苦頭，你倒好，當鬼當得快活，去死啦……不，你已經死了……有什麼臉在人世徘徊，還不快下地獄去，赤身裸體跟女人在這兒丟醜，是想教壞孩子嗎？人間世風愈下也就算了，連鬼界也寡廉鮮恥，真是人神共憤。」

教授拉住母親勸阻說：「別再責怪父親，我了解他的心情……」

「嗚……你爸對你沒盡養育責任就撒手跑掉，你現在竟然跟他同一陣線，聯合起來對付我，我命真苦。你了解他，你了解他什麼？男人都好色，都想玩年輕女人，不可饒恕。」

「您錯怪我了，我不喜歡年輕女人，我偏好年長一些的。」

「你不喜歡年輕女人？睜眼說瞎話，別以為我會相信，那你倒是給我說說看，那個叫小慢的女生是怎麼回事？」

「她只是我的學生，我跟她之間只是討論學術問題。」

母親冷笑兩聲，「我既不是昨天出生的，也不是昏庸無知，你們兩個玩的不就是性虐待的遊戲？」

「那，那個……媽媽既然知道，我也不好再隱瞞……」教授面紅耳赤地說，「所以說嘛，那只是玩玩而已，逢場作戲，不是真感情。」

「真的？你要跟媽發誓。」

「我發誓，我跟小慢之間絕對沒有任何感情關係，以前沒有，現在沒有，以後也不會有，愛情上我們是清白的。」

「你沒騙我？」

「我怎麼可能騙您，我什麼時候騙過您？」

「你不會丟下為娘自個兒跑掉？」

「當然不會，兒會永遠待在您身邊。」

「太好了，太好了，有你這句話就夠了。」

母子相擁哭泣。

# 37

教授與母親下樓到大廳，小白還真的已經醒轉過來。

其他的人則是或醉或睏東倒西歪，有的橫躺在沙發上如一攤爛泥，有的歪斜在地毯上，小白睜開眼睛坐起時，也沒人特別感到驚訝。

「我太太呀，成天喊著要死要死，白天也在咒罵這咒罵那，說與其活在臭氣四溢的世界不如去死，晚上也嘰哩咕嚕地抱怨人生什麼痛快的好事都沒有，乾脆現在死掉算了，睡覺也在說死啊死的，吃飯也說死啊死的，但是像她那種人，我看會活到一百歲，像教授的老母親那樣。」K說。

「我七十歲都還不到，在老人裡還算年輕。」教授母親冷冷說道。

「我也曾想過死，對死的執迷是藝術家的天性，藝術家敏感的心性難逃對人世種種不幸的絕望，可是人都是怕死的，誰不怕死呢?有些人莫名其妙隨隨便便地忽然就死了，有些人卻怎樣都死不掉，就像小白。」K說。

「真正想死的人，就如我父親吧！」教授說，「雖然他並非自殺，而是在完全意外的情形下遭不相識的人殺害，但父親的靈魂，早就想從人世逃遁了吧！像父親那樣膽小之人，不敢遂自己慾望地活著，便對人世不抱任何希望，反而死後的世界他能照自己的意思行事。」

「我明白，不敢遂自己慾望地活著而對人世不抱希望地猶豫，這就是我始終在人鬼交界徘徊的原因，此刻的我也覺悟到了。」小白說。

話說方才小白又有了一次瀕死經驗，這次與上次有何不同呢？人啊，從鬼門關走過，僥倖不死，總會得到一番重大的領悟，這領悟是千金難買，是不以死這樣重的代價無法換得的。畢竟，再多財富、再貴重的物事、再華麗的人生際遇，和死一比，不都是雲煙嗎？不都是虛空嗎？人活著的時候自然嘗不到死，以為死跟自己有距離，然一旦經歷死，要說不產生徹底的覺醒悔悟，也太說不過去。小白上一次死後復生，半個魂沒回來，所以無法完全醒悟，但半個魂沒回來是什麼原因呢？說來說去也就是逃避現實。人瀕死時會回顧一生，但並非人生每個片段都會在眼前浮現，如果全是些不堪回首的往事，誰又想重返陽界？如果都是些值得眷戀、愛惜的片刻，就會讓人不捨人世了，究竟哪些片段被挑選，又是被誰所挑選出來放映的呢？

小白上次瀕死時看見的，既不全是悲慘的過去，也不全是美好的時刻，要說選擇回到人世的原因，並非不甘願死，而是沒那個氣魄去死。雖說活不也是要氣魄嗎？但人光是死皮賴臉也能活，可靠光不明不白地賴著卻死不掉，所以說，小白大概死幾次都會活過來吧！人心裡存有無恥的部分，也不是件壞事，那表示內心深處多少有和這世界制訂的規則有對立的地方，就是因為對這無恥壓抑，反抗的力量就成為生之動力。

教授的父親雖然活著無法釋放他的反叛，但死了卻沒忘記這慾望。

「樓上那男鬼就是我父親。」教授說。

眾人愕然，教授大致做了番解釋。

「什麼？大家的推想竟無一是正確的，真是的，浪費我那麼多時間，虧人家那麼投入。」夢雲說。「唉，雖然話是這樣講，謎底既已解開，這場旅程就要結束了，還是教人捨不得啊！回到那個無聊討厭的工作上，怎能怪我不夠敬業，渾渾噩噩呢？我懶得詛咒空洞不幸，但我這樣的人來詛咒人生的庸俗，旁人恐怕都要嗤之以鼻吧？誰說有學識的人比沒學識的人不俗？我也就只能冷眼旁觀。」

夢雲正欲端出自己身世的哀淒，水電工忽然開口：「你也可以來拍攝A片嘛，世人把A片看得太罪惡，其實那是非常健康而正當的，富有教育性質的影片。依我看我等一定可以為色情電影帶來一番嶄新境界。」

「杉本彩年紀還比我大，我身材保養得不比她差，本錢也比她雄厚，若是能把我拍得跟她一樣富有妖魔般的美豔，那我便也不推辭了。」夢雲本要斥責水電工這提議的荒誕，但腦中頓時浮現杉本彩所主演的改編自團鬼六作品的色情電影，馬上便幻想自己化身罪惡女神的形象。倘使能到達那般妖美絕倫的程度，就超越了世間貧瘠無聊的庸俗評價的界限了啊！

是的，這也是一種逃避、脫遁，她不是一直以來處心積慮想從他人的鄙視中遁出嗎？她要往哪兒躲？就是往這攀升到最淫豔的境界躲！

此時人人心中浮現了各自極致的美好想像。

「我並未放棄在人世的努力，所以才又活了過來。我想通了，面對現實並非就是自暴自棄。」小白朗聲說。

「好極了，歡迎你加入A片拍攝的陣容。」K說。

浮腫著臉的K搔著頭髮：「唉呀，我腦中浮現了太多妙不可言的題材，不趕快記下可就要忘掉了。」

不消說，火山和萊德臉上自是他們招牌的咧嘴笑容。

諸君若要問，這場人鬼混戰的騷亂，是否就為了讓人們得到啟發，尋找到真實的自己，追索出生命意義為何的答案，而他們也是否因之從此展開新的人生？這個嘛！眼下看來似乎寄託在火山和萊德的A片事業上。無論如何，那就是另一個故事了。

至於，這個故事裡所提到的人與事，真實性有多高呢？就好像眾人以微少的所知去拼湊那二鬼生前的故事和死亡的真相一樣，如我說這些乃從風雨交加的夜晚萊德所拍攝的影片不著邊際的混亂內容所自行延伸出來的情節，諸君就明白了吧！小說還不就這麼一回事。

（全文完）

# 後記

前一本長篇寫完後，又陷入憂鬱症，這是個常態，並不怎麼奇怪，大概就是一段時間裡注意力全部集中在一件事上，突然放鬆掉就會人生失焦吧！每每處在這個階段，寫新的東西都會充滿障礙，經常動筆好幾萬字都全部作廢，看書或做任何事也不太起勁。

啊！人生真是虛無，到底何事有意義？

搞創作的人本來就容易對人世陷入虛妄的情緒，有時候是茫然一片，有時有點瘋瘋癲癲的，到頭來對人生不是質疑，根本就是絕望，但是絕望又並不想死，總之就是變得百無聊賴。

我經常收到出版社寄來的書稿，希望我寫推薦或導讀之類的，以前我大都會很快看完，現在不是拖拖拉拉就是忘在一邊，有天順手拿起一疊書稿，不經意地看了看，這是關於一個男人投入拍攝A片產業的真實故事紀錄。

津津有味地看完了這本書，它非常好笑，可這不是重點，重點是，這，這……他媽的真勵志啊！

當場我就振作精神，想說我也來投入A片拍攝產業吧！就像這本書的作者一樣，我們也對A片有自己的要求和想像，雖然終歸是要滿足市場，但還是可以有我們自己的風格。隨即我腦子裡就開始搜尋合作對象（還不就是我那些廢人爛哥們），很熱血地描繪一些超級古怪白癡實在妙極了的A片情節。

當然，就跟一萬件我想做的事從來連一根手指都沒動一動就拋到九霄雲外一樣，台灣A片產業沒有得到我這位新血。

不過，倒使我突然想起我曾經想寫一個長篇……沒錯，那也是我寫了幾萬字後丟掉的廢棄物，講的是幾個廢柴拍A片的過程，主角就是現在這本書裡面的火山和萊德，還有一隻大蜥蜴，叫做「偉大的非洲」，另外還有一位大學生，故事牽涉到一宗涉及政府重要官員的貪腐弊案，本來只是幾個遊手好閒之人拍白癡A片的吃飽飯沒事幹無聊行為，圖個混口飯吃，後來卻發展成富有教育意義貢獻社會的義行，很無厘頭的爆笑故事。當時把書名定為《A片生活指南》。

就在答應要給出版社的短篇小說集完全沒心情寫，腦袋空空，沒精打彩的時候，突然想到，何不來寫《A片生活指南》的前傳？關於一群人怎會聚在一起拍A片的故事。

於是《人間異色之感官胡亂推理事件簿》的情節就像打開自來水龍頭一樣，源源流出了。看似都會男女殉情的故事，發展至一群人困在山中旅館，目睹離奇命案，好像變成了典型的本格推理小說，後來又演變成靈異故事，總之就是一整個「搞了半天不是這麼一回事嘛」的趣味，寫的過程自己都覺得噴飯，不過因為出版社都還不曉得我正在進行的到底是什麼樣的一部小說，為了讓他們放心，我還一本正經地寫信去說：本書其實是在探討生命的意義、人活在世上所為何事這般嚴肅的命題。

雖然後來看了這本小說的人，都注意在情節的爆笑和尖銳的嘲諷性上，不過，我寫這本書的出發點，確實想鋪陳的就是持不同看待生命角度的人，如何感受自己活著的意義。

人生究竟有沒有「意義」？人生若只是偶然，本來就無意義可言，眾多哲學家不孜不倦企圖找出這問題的答案，有些哲學家的答案就是：這根本不是一個問題。是的，我們可以推翻這問題的存在，沒有誰規定人生是該有意義的，咱們把這勞什子想法丟掉吧！

然而，真正在思考這個問題的，根本不是哲學家，而是每個普通人！每個焦慮著自己的存在感，生命實現的成就感，為了自己是否快樂，是否受人喜愛，是否被肯定，而在欣喜、失落、勇氣、恐懼、雀躍、憤怒、懷疑、滿足、不安間徘徊。如果「意義」這件事子虛烏有，那麼人的「本能」為何會有這種情緒？這種面對自己時每每油然而生的情緒？

十幾二十歲的年輕人，在享受生命綻放的豐美，在天真無懼地往前衝，無暇感受人生的世故的猶疑，但是年紀越來越大，我到底在做什麼？別人怎麼評價我、怎麼理解我？我還能做什麼？我到底是什麼？每個人都會這麼想。人對自己的「存在」是會有感觸有疑問的，那麼，生命是不是該追求意義，它是不是個問題，有沒有答案，已非「生命只是偶然」就能搪塞過去的。

這本書回到我較早的充滿嘲諷性的文筆。我早期的小說，所持的態度皆抱著人生是荒謬而滑稽的，生命是殘酷的玩笑，人類是上帝眼中的小丑。我並不覺得這又怎樣，我既沒興趣歌頌愛和喜悅這種不存在的東西，也看不出人世有什麼美和豐盛。

然而後來我的小說開始有些轉變，《無伴奏安魂曲》已經不再使用嘲諷的黑色幽默，《似笑那樣遠，如吻這樣近》完全是抒情的，《地獄門》是暗黑暴力小說，但它野蠻、生猛，且浪漫，《男妲》與《Elegy》幾乎跑到我早期小說的光譜相反的極端，我想表達生命本身是在恐怖紛亂與迷惘徬徨中盛開的美麗花朵，痛苦，但是燦爛絕美。

《人間異色之感官胡亂推理事件簿》回到早期的嘲諷戲謔，但本質已變得不一樣了，嘲諷不再有憤怒，也不是事不關己的冷漠，這些人物雖然荒誕可笑，可是我覺得他們很可愛，這和我早期看待筆下人物的心理是很不同的。

生命依舊可能是一場玩笑，生活依舊是殘酷而不如人意，人類依舊是愚笨、滑稽、自以為是的，上帝依舊被人類的痛苦與白癡逗得哈哈大笑，但那又怎樣？或許人很難自由，或許生命充滿掙扎，但隨時隨地可以換個角度，圖個自在，亂世風暴也好，小奸小惡也好，匹夫匹婦柴米油鹽的煩惱也好，愛或恨的漩渦捲上一遭也好，這不就是人生？回頭一望，自己都不得不搖頭嘆服，這就是人生啊！庸人也每個都相信自己是獨特的。

成英姝

二〇一〇年一月十日

F⑩③⓪跣足舞者（新詩） 張菱舲著 230元
——綸音
F⑩③①天使補習班（散文） 游乾桂著 250元
F⑩③②青春一條街（散文） 周芬伶著 240元
F⑩③③九十七年散文選（散文） 周芬伶編 350元
F⑩③④九十七年小說選（小說） 季　季編 300元
F⑩③⑤先說愛的人，怎麼可以先放手（散文） 廖輝英著 240元
F⑩③⑥等待（散文） 何寄澎著 250元
F⑩③⑦或許，與愛無關（小說） 袁瓊瓊著 250元
F⑩③⑧邊界（新詩） 陳義芝著 230元
F⑩③⑨收藏的雅趣（散文） 漢寶德著 320元
F⑩④⓪在矽谷喝 Java 咖啡（散文） 陳漢平著 250元
F⑩④①弄堂裡的白馬（附朗讀 CD）（小說） 王安憶著 260元
F⑩④②我這溫柔的廚娘（散文） 虹　影著 250元
F⑩④③推拿（小說） 畢飛宇著 280元
F⑩④④一束樂音 張菱舲著 280元
——語蕊（新詩）
F⑩④⑤司馬中原笑談人生（散文） 司馬中原著 240元
F⑩④⑦台灣觀點：書話東西文學地圖（評論） 李奭學著 270元
F⑩④⑧管簫二重奏：禪意畫情（新詩） 管管、蕭蕭著 200元
F⑩④⑨春光關不住（小說） 張瀛太著 210元
F⑩⑤⓪好兒女花（小說） 虹　影著 350元
F⑩⑤①門內的父親（散文） 徐嘉澤著 230元
F⑩⑤②憶春臺舊友（散文） 彭　歌著 200元
F⑩⑤③親愛練習（小說） 張耀仁著 280元

◎定價如有調整，請以各該書新版版權頁定價為準。
◎購書方法：
・單冊郵購八五折，大量訂購，另有優待辦法。
・如以信用卡購書，請電（或傳真 02-25789205）索信用卡購書單。
・網路訂購：九歌文學網：www.chiuko.com.tw
・郵政劃撥：0112295-1　九歌出版社有限公司
・電洽客服部：02-25776564 分機 9

| | | | |
|---|---|---|---|
| F⑩⓪③ | 沉靜的老虎（新詩） | 虹　影著 | 200 元 |
| F1004 | 尋回失落的美感（散文） | 韓　秀著 | 240 元 |
| F1005 | 幕永不落下（附有聲書）（散文） | 李家同著 | （平）280 元<br>（精）350 元 |
| F1006 | 我這人話多：導演講故事（散文） | 王正方著 | 230 元 |
| F1007 | 李順大造屋（小說） | 高曉聲著 | 280 元 |
| F1008 | 除了野薑花，沒人在家（新詩） | 李進文著 | 250 元 |
| F1009 | 我將如何記憶你（散文） | 宇文正著 | 220 元 |
| F1010 | 九十六年散文選（散文） | 林文義編 | 380 元 |
| F1011 | 九十六年小說選（小說） | 李　昂編 | 250 元 |
| F1012 | 天繭（新詩） | 張菱舲著 | 220 元 |
| F1013 | 花朵的究竟（散文） | 硯　香著 | 300 元 |
| F1014 | 書話中國與世界小說（評論） | 李奭學著 | 250 元 |
| F1015 | 舞女生涯原是夢（小說） | 鍾　虹著 | 260 元 |
| F1016 | 在歐洲天空下（散文）<br>——旅歐華文作家文選 | 丘彥明編 | 260 元 |
| F1017 | 西洋文學關鍵閱讀（散文） | 謝鵬雄著 | 250 元 |
| F1018 | 月光照不回的路（散文） | 辛金順著 | 210 元 |
| F1019 | 燕尾與馬背的燦爛時光（新詩） | 歐陽燕柏著 | 180 元 |
| F1020 | 閃亮的生命（散文）<br>——10 個不向命運屈服的故事 | 蔡文甫編 | 230 元 |
| F1021 | 創造奇蹟的人：閃亮的生命 2（散文） | 蔡澤松編 | 240 元 |
| F1022 | 九歌繞樑 30 年（社史）<br>——見證台灣文學 1978～2008 | 汪淑珍著 | 200 元 |
| F1023 | 詩歌天保<br>——余光中教授八十壽慶專集 | 蘇其康編 | 360 元 |
| F1024 | 30 年後的世界（散文） | 封德屏編 | 240 元 |
| F1025 | 在夜雨中素描（新詩） | 王　丹著 | 200 元 |
| F1026 | 追求成長的十堂課（散文） | 朱　炎著 | 210 元 |
| F1027 | 小林的桃花源（小說） | 康芸薇著 | 230 元 |
| F1028 | 公務員快意人生（散文） | 王壽來著 | 230 元 |
| F1029 | 流動的美感（散文） | 黃光男著 | 260 元 |

| | | |
|---|---|---|
| F⑺72 喜歡生命——宗教文學獎得獎作品精選（文集） | 宗教文學獎編輯委員會總企劃 | 360元 |
| F773 樂活人生（散文） | 賴東明著 | 250元 |
| F774 那一夜，與文學巨人對話（散文） | 張純瑛著 | 220元 |
| F775 效法蕭伯納幽默（散文） | 沈　謙著 | 260元 |
| F776 大食人間煙火（散文） | 廖玉蕙著 | 240元 |
| F777 移動觀點：藝術·空間·生活（散文） | 邱坤良著 | 300元 |
| F778 上海魔術師（小說） | 虹　影著 | 280元 |
| F779 飄著細雪的下午（文集） | 趙民德著 | 260元 |
| F780 朔　望（新詩） | 張菱舲著 | 230元 |
| F781 九十五年散文選（散文） | 蕭　蕭編 | 350元 |
| F782 九十五年小說選（小說） | 郝譽翔編 | 320元 |
| F783 酒入愁腸總成淚（散文） | 朱　炎著 | 250元 |
| F784 一次搞丟兩個總統（散文） | 馮寄台著 | 260元 |
| F785 風弦（新詩） | 張菱舲著 | 250元 |
| F786 莊子的蝴蝶起飛後（評論）——文學再定位 | 黃國彬著 | 220元 |
| F787 男人的風格（小說） | 張賢亮著 | 300元 |
| F788 慢活人生（散文） | 白　靈著 | 200元 |
| F789 平原（小說） | 畢飛宇著 | 320元 |
| F790 自由的翅膀（散文） | 龔鵬程著 | 220元 |
| F791 王丹看美國的人文與自由（散文） | 王　丹著 | 220元 |
| F792 獨釣空濛（新詩） | 張　默著 | 350元 |
| F793 巧婦（小說） | 南　郭著 | 280元 |
| F794 斷掌順娘（小說） | 彭小妍著 | 200元 |
| F795 穿過一樹的夜光（散文） | 楊錦郁著 | 200元 |
| F796 熊兒悄聲對我說（小說） | 張瀛太著 | 220元 |
| F797 張愛玲的文字世界（散文） | 劉紹銘著 | 230元 |
| F798 人生的探索與選擇（散文） | 孫　震著 | 260元 |
| F799 跳舞男女：我的幸福學校（散文） | 邱坤良著 | 320元 |
| F800 戀戀九號宿舍（散文） | 羅文森著 | 250元 |
| F1001 師友·文章（散文） | 吳魯芹著 | 250元 |
| F1002 火鳳燎原的午後（散文） | 陳大為著 | 200元 |

| | | |
|---|---|---|
| F⑦③⑧密室逐光（小說） | 李偉涵著 | 280 元 |
| F⑦③⑨我的藝術家朋友們（散文） | 謝里法著 | 240 元 |
| F⑦④⓪孤獨的眼睛（散文） | 龔鵬程著 | 250 元 |
| F⑦④④逃逸速度（散文） | 黃國彬著 | 200 元 |
| F⑦④⑥愛上圖書館（散文） | 王　岫著 | 250 元 |
| F⑦④⑦靠近　羅摩衍那（新詩） | 陳大為著 | 200 元 |
| F⑦④⑧一頭栽進哈佛（散文） | 張　鳳著 | 240 元 |
| F⑦④⑨一首詩的誘惑（詩賞析） | 白　靈著 | 230 元 |
| F⑦⑤⓪第二十一頁（散文） | 李家同著 | 220 元 |
| F⑦⑤①九十四年散文選（散文） | 鍾怡雯編 | 320 元 |
| F⑦⑤②九十四年小說選（小說） | 蔡素芬編 | 260 元 |
| F⑦⑤③聲納<br>——台灣現代主義詩學流變（評論） | 陳義芝著 | 260 元 |
| F⑦⑤④喇叭手（小說） | 劉非烈著 | 230 元 |
| F⑦⑤⑤偷窺——東華創作所文集 I（散文） | 郭強生編 | 230 元 |
| F⑦⑤⑥風流——東華創作所文集 II（文集） | 郭強生編 | 260 元 |
| F⑦⑤⑦談笑文章<br>——夏元瑜幽默精選㈢（散文） | 夏元瑜著 | 220 元 |
| F⑦⑤⑧有一道河從中間流過（散文） | 陳少聰著 | 250 元 |
| F⑦⑤⑨漢寶德亞洲建築散步（散文） | 漢寶德著<br>黃健敏編 | 300 元 |
| F⑦⑥⓪善男子（新詩） | 陳克華著 | 240 元 |
| F⑦⑥①就是捨不得（散文） | 郭強生著 | 220 元 |
| F⑦⑥②為了下一次的重逢（散文） | 陳義芝著 | 250 元 |
| F⑦⑥③你逐漸向我靠近（散文） | 李瑞騰、李時雍著 | 210 元 |
| F⑦⑥④紫蓮之歌（散文） | 周芬伶著 | 240 元 |
| F⑦⑥⑤迷・戀圖書館（散文） | 王　岫著 | 250 元 |
| F⑦⑥⑥放一座山在心中（散文） | 蕭　蕭著 | 220 元 |
| F⑦⑥⑦我看美國精神（散文） | 孫康宜著 | 250 元 |
| F⑦⑥⑧七個漂流的故事（小說） | 洪米貞著 | 250 元 |
| F⑦⑥⑨文學的複音變奏（評論） | 李有成著 | 240 元 |
| F⑦⑦⓪站在耶魯講台上（散文） | 蘇　煒著 | 250 元 |
| F⑦⑦①風華 50 年（散文）<br>——半世紀女作家精品 | 丘秀芷編 | 320 元 |

# 九歌最新叢書

| | | |
|---|---|---|
| F⑪苦惱與自由的平均律（新詩） | 陳　黎著 | 200 元 |
| F742玉米（小說） | 畢飛宇著 | 250 元 |
| F743看地圖神遊澳洲（散文） | 夏祖麗著 | 210 元 |
| F714老蓋仙的花花世界<br>——夏元瑜幽默精選(一)（散文） | 夏元瑜著 | 220 元 |
| F715容器（小說） | 木子美著 | 220 元 |
| F716上海之死（小說） | 虹　影著 | 280 元 |
| F717台灣棒球小說大展（小說） | 徐錦成編 | 220 元 |
| F718九十三年散文選（散文） | 陳芳明編 | 320 元 |
| F719九十三年小說選（小說） | 陳雨航編 | 250 元 |
| F720娑婆詩人周夢蝶（詩評） | 曾進豐編 | 350 元 |
| F721麗人公寓（小說） | 唐　穎著 | 250 元 |
| F723權力與美麗<br>——超越浪漫說女性（評論） | 林芳玫著 | 250 元 |
| F724桂冠與蛇杖<br>——北醫詩人選（新詩） | 陳克華、湯銘哲編 | (平)220 元<br>(精)300 元 |
| F725煮字為藥（散文） | 徐國能著 | 200 元 |
| F726面對尤利西斯（評論） | 莊信正著 | 260 元 |
| F727咖啡和香水（小說） | 彭順台著 | 220 元 |
| F728砲彈擊落一個夢（小說） | 歐陽柏燕著 | 220 元 |
| F729以蟑螂為師<br>——夏元瑜幽默精選(二)（散文） | 夏元瑜著 | 220 元 |
| F730告別火星（散文） | 柯嘉智著 | 200 元 |
| F731請帶我走（小說） | 張抗抗著 | 220 元 |
| F732與星共舞（詩） | 謝　青著 | 190 元 |
| F733狂歡的女神（散文） | 劉劍梅著 | 250 元 |
| F734從兩個蛋開始（小說） | 楊爭光著 | 300 元 |
| F735與海豚交談的男孩（散文） | 呂政達著 | 200 元 |
| F736浮生再記（散文） | 沈君山著 | 350 元 |
| F737不負如來不負卿（散文） | 周夢蝶著 | 240 元 |

九歌文庫 1055

# 人間異色之感官胡亂推理事件簿

著　　者：成　英　姝
責任編輯：宋　敏　菁
發 行 人：蔡　文　甫
發 行 所：九歌出版社有限公司
臺北市八德路3段12巷57弄40號
電話／02-25776564・傳真／02-25789205
郵政劃撥／0112295-1
九歌文學網：www.chiuko.com.tw
登 記 證：行政院新聞局局版臺業字第1738號
法律顧問：龍躍天律師・蕭雄淋律師・董安丹律師
初　　版：2010（民國99）年2月10日

**定　價：280元**

ISBN：978-957-444-657-5　　Printed in Taiwan
書號：F1055
（缺頁、破損或裝訂錯誤，請寄回本公司更換）

國家圖書館出版品預行編目資料

人間異色之感官胡亂推理事件簿 / 成英姝著.
-- 初版. -- 臺北市：九歌， 民99.02
面； 公分. --（九歌文庫；1055）
ISBN 978-957-444-657-5（平裝）

857.7 99000001